Von Hexen und Nixen

Geschichten von wundersamen Wesen

Metta
Kinau
Verlag

Zum "Hochzeitstag"
1999

Herausgegeben von Bettina Plenz

Ottenser Hauptstr. 48, 2000 Hamburg 50, Tel. 040-394012

Titelgestaltung: S. Max (U. Borgwardt)
ISBN 3-920641-60-4
2. Auflage 1994
Gedruckt auf Recyclingpapier, hergestellt aus 100% Altpapier
Gedruckt bei Clausen und Bosse

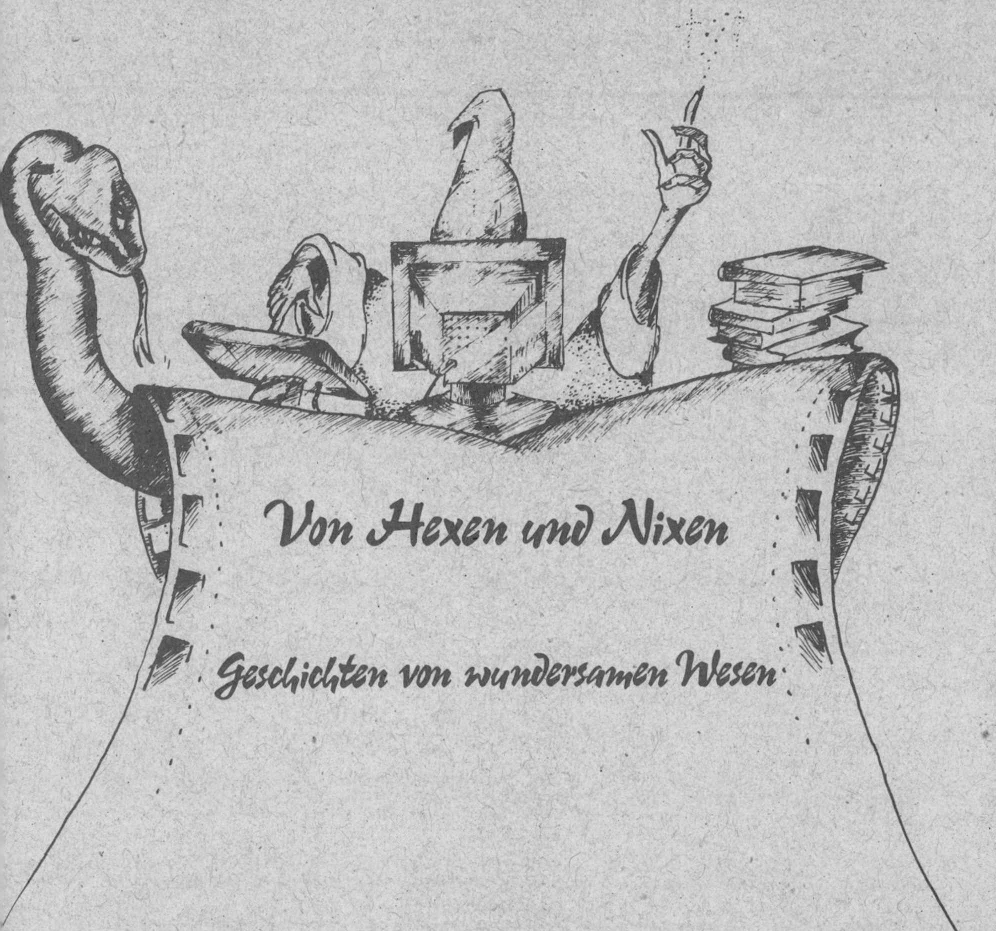

Von Hexen und Nixen

Geschichten von wundersamen Wesen

Metta Kinau Verlag

Täßchen Tee mit Dina

Ausgedacht von Hedwig Sarrazin-Strohm
Abgeschrieben von Gaby Nieuwenhuizen
Illustriert von Uta Clemens

Frau Schneiders lehnte sich auf dem zerbeulten Diwan mit der Flickendecke zurück und stopfte sich eines der zehn bis zwanzig grellbunten Kissen ins Kreuz. Die Bezüge, fand sie, müßten dringend mal gewaschen werden. Aber es war doch ganz angenehm, hier zu sitzen, und die vielen Bilder und Bildchen an den Wänden guckten einen so an.

Könnte mir fast gefallen, was Dina gemalt hat, dachte Frau Schneiders. Aber ich hab' weiß Gott weder Lust noch Zeit, mich in das Zeug reinzudenken.

Dies war heute wieder so ein merkwürdiger Besuchsnachmittag bei ihrer Schwiegertochter. Rolf konnte, wie üblich, nicht dabeisein. Er hatte ja immer schrecklich viel zu tun, der Arme, während sich seine Frau die Zeit in der Badewanne vertrieb.

Alles war wieder wie sonst: die Zeit, die Umstände, die träge, vertickende Langeweile.

Pünktlich um fünfzehn Uhr hatte Frau Schneiders geläutet (Dina und Rolf SCHNEIDERS stand auf dem Keramikschildchen unter der Klingel), Dina hatte, begleitet von Wasserplätschern, durch die Tür gerufen, Mutter möge doch bitte den Wohnungsschlüssel aus dem alten Pantoffel neben dem Fußabstreifer nehmen und sich selbst aufschließen.

Schon beim Eintreten hatte Frau Schneiders das Pfeifen des Wasserkessels auf dem Herd gehört. Sie war in die Küche geeilt, hatte das Gas abgedreht, den Kessel weggesetzt.

Wie immer hatte Dina alles vorbereitet: Die Kanne war angewärmt, ein Stövchen stand bereit, in dem kunstvollen indischen Tee-Ei, das in der Kanne lag, raschelten die Blättchen.

Frau Schneiders hatte das kochende Wasser eingegossen, Tassen geholt, auf einem Teller das mitgebrachte Gebäck, das sie nicht essen würde, denn sie achtete auf ihre Figur, arrangiert. Dann hatte sie alles vorsichtig im Wohnzimmer auf dem wackeligen Tischchen neben dem Diwan plaziert. Und da

saß sie nun.

Es duftete aus dem Badezimmer. Verbenen, Quendel.

Vielleicht auch ein wenig Sandelholz.

Dazu Dinas Sopranstimme.

Wie schön sie singt, dachte, wie immer, Frau Schneiders. Als wäre sie allein und wüßte nicht, daß ich sie höre, ihre Nennmutter Hilde. Ich lausche meiner Nenntochter, die ich nicht ausstehen kann. Aber sie ist höflich und besonders nett zu mir, so, wie ich es zu ihr bin. Das macht einiges wett, erspart Aussprachen, Zeit, Szenen und andere Unannehmlichkeiten.

Übrigens war sie, wie immer, gar nicht ärgerlich, so lange alleingelassen zu werden. Wie gesagt, saß sie ja ganz gern hier, rauchte vor sich hin und schaute auch kein einziges Mal auf das zarte Ührchen an ihrer Halskette (es paßte ausgezeichnet zu der neuen Crêpe-de-Chine-Bluse in Altrosé, die wiederum so vorteilhaft das etwas banale Grau des Hosenanzugs auflockerte).

Dina ließ derweil auf sich warten.

Aber, nur ein Viertelstündchen noch, dann würde sie eintreten; im Standardkostüm: verschossener, hellgrüner Bademantel, der knapp bis zum Knie reichte. Und wahrscheinlich wäre wieder ein Handtuch um das feuchte Haar geschlungen.

Rot waren die Haare, kupferrot!

Rolf behauptete, sie seien dick und schwer und reichten, aufgelöst, bis zu den Knöcheln. Aber er übertrieb gewiß, wie bei allem, was sein „Undinchen" betraf.

Wie immer fand Frau Schneiders das Wohnzimmer zu dunkel. Es gab keine Gardinen, dafür auf dem Fensterbrett und auch auf den Regalen und vielen Posamenten Grünpflanzen. Wuchernde, schlingende, hängende, und dazu ein riesiger Philodendron. An seinen langen Luftwurzeln kroch gefleckter Efeu empor.

In Fensternähe roch es stark nach abgestandenem Gießwasser. Heute jedoch leuchtete irgendwo im Grüngestrüpp eine weiße Blüte mit rotgelben Staubgefäßen auf, die sich wie ein Fächer entfaltet hatte.

Wirklich, wie im Urwald, dachte Frau Schneiders und schenkte sich Tee ein. Was hatte Dina heute wohl wieder an verschiedenen Blättern zusammengemixt?

(„Vier Minuten ziehen lassen, mindestens, Mutter!" hatte sie ihr eben noch aus der Wanne heraus zugerufen.)

Die Flüssigkeit, schlammgrün, duftete nach feuchtem Moos. Ob der Tee nun stark genug war?

Gerade richtig, und er schmeckt wieder mal exzellent, befand die kritische Schwiegermutter nach ein paar vorsichtigen Schlückchen.

Ihre Gedanken flanierten durch eine dieser riesigen, ceylonesischen Teeplantagen, durch grüne, duftende Büsche.

Und dann hinein ins Unbetretene, ins Wilde, Dampfende, Feuchte. Weiße und bunte Orchideen, schrille Tierstimmen...

Frau Schneiders gestattete sich ein Lächeln über sich selbst. Kein Wunder, daß sie in dieser Umgebung ins Spintisieren kam. Selbst im Badezimmer, von Rolf und Dina neu eingebaut in eine Abstellkammer dieser Altbauwohnung, grünte und roch es so wie hier, herrschte der Dschungel, denn Dina zog dort in vielen Gläsern und Schalen Ableger groß.

In der Öffentlichkeit ihres Bekanntenkreises, in den Dina und Rolf von vornherein nicht einbezogen waren, zeigte Frau Schneiders allerdings eine entschiedene Abneigung gegen Wohnung und Lebensstil ihrer Kinder. Warum sollte man auch aus seinem Herzen eine Mördergrube machen?

„Also, vernachlässigt ist gar kein Ausdruck dafür, wie es bei denen aussieht", berichtete sie zum Beispiel einmal der ehemaligen Verlobten ihres Sohnes, Stefanie. Sie hatten sich kürzlich zufällig in der Stadt getroffen und waren, versöhnungsbereit nach allen Sticheleien und Machtkämpfen aus grauer Vorzeit, zusammen ins Café gegangen.

„Alles steht voller Gerümpel, keine richtigen Möbel, nur Kram! Und Bilder, Bildchen, die Wände rauf und runter, sie malt ja. Überall hat sie Gewächse hingeräumt, aber mal ein nettes Sträußchen auf dem Tisch, ein Deckchen, das tut sie sich nicht an. Das Bad haben sie aber prima eingerichtet, die beiden. Wirklich tiptop! Aber, wann kommt man schon rein? Sie weicht sich doch stundenlang in der Badewanne ein. Gut, daß das Klo extra ist. Und die Kacheln, die hat sie bestimmt noch nie geputzt."

Stefanie, die selten richtig zuhörte, hatte zustimmend gemurmelt, obwohl sie dies durchaus nicht beurteilen konnte, und dann Frau Schneiders abgelenkt mit einer Frage, die ihr schon lange auf der Zunge

lag.

„Riegelt sie denn das Badezimmer ab?"

„Natürlich nicht! Jeder könnte rein, der wollte. Stell dir vor, wenn ein Bekannter von Rolf es auf sie abgesehen hätte! Und seit ihr beide auseinander seid, gehen da Typen aus und ein, man glaubt es nicht... Du weißt doch, daß sich jeder selbst aufschließen kann. Leichtsinnig ist sie, die Dina, und wer weiß, ob es ihr nicht ganz recht wäre, daß einer es mal bei ihr probiert..."

„Sharon Tate", sagte Stefanie. „Erinnerst du dich noch, wie begeistert Rolf von der war, von der Schauspielerin? Na, die Szene mit der Badewanne meine ich, in „Tanz der Vampire"! Ach, den Film haben wir doch x-mal angeschaut. Waschzwang! Ist 'ne Psicose oder wie das heißt. – Hilde, ich hab's!"

„Was hast du, Stefanie?"

„Die Dina ist verrückt, das ist es. Du, die kann ihn völlig fertigmachen. Nicht im Traum hätte ich gedacht, daß Rolf mal bei so einer landet: Hilde, da mußt du was tun, sonst nimmt das ein schlimmes Ende."

Hier, gemütlich drapiert auf dem Diwan in Dinas Wohnzimmer, erschien Frau Schneiders dieser Appell an ihre Tatkraft übertrieben, ja hysterisch. Nun ja, Stefanie trauerte Rolf immer noch nach. Im Grunde gut zu verstehen.

Aber hier sollte man wirklich nichts überstürzen. Die Zeit würde für sie beide arbeiten, in einem Jahr, ach was, in ein paar Monaten könnte es soweit sein, und Rolf, der Verwöhnte, früher von seiner angebeteten Mutti so perfekt Umsorgte, hatte es satt, seine Mahlzeiten nach hartem Geschäftstag selbst zu kochen, seine Wäsche selbst zu waschen und anderes mehr. Vorwürfe und Streitereien könnten nicht mehr lang auf sich warten lassen.

Natürlich müßte sie die schwiegermütterlich vornehme Zurückhaltung aufgeben und ihren Sohn auf einige Dinge hinweisen, die er nicht als unwichtig abtun dürfte. Er mußte schließlich auch an seine zukünftigen Kinder denken, die Dina nicht wollte. Noch nicht, wie sie seit langem vorgab.

Vielleicht war sie nicht in der Lage?

Und dann: Jeden Tag kupferrote Haare bis zu den Füßen und knapper Bademantel, wo gab's denn so was? Rolf war schließlich und endlich kein Schuljunge mehr. Er würde schon vernünftig werden und einsehen, was gut für ihn war.

Sie stand ja noch bereit, Stefanie, die Tüchtige, Häusliche, Kinderliebe, um ihn mit offenen Armen aufzufangen, ihn, den Ratlosen, der in einer überstürzt eingegangenen Ehe so schmählich scheitern mußte. Weshalb hatte sie damals Rolfs Heirat mit ihr hintertrieben? Eine große Dummheit hatte sie da begangen! Gewiß, diesem Mädchen war nicht zu trauen, weil es seinen eisernen Willen mit unentschlossen sanftem Benehmen allzugut zu tarnen wußte. Aber Rolf brauchte eine Frau, die ihn unauffällig lenkte ...

Frau Schneiders nippte wieder an ihrem Tee.

Lang hinuntergleitendes, rollendes, rötliches Haar.

Wie sie wohl nackt aussah ?

Fast hätte sie Lust, unter einem Vorwand ins Badezimmer ...

Die weiten Kleider bei der Hochzeitsfeier und das bunte Schlabberzeug an dem einen Nachmittag, als sie zufällig nicht in der Wanne, sondern vor einer Staffelei saß ...

Üppig, wünschte sich Frau Schneiders, üppig sollte ihr Körper sein, und immer warm und feucht.

Sie errötete heftig. Welche Gedanken erlaubte sie sich! Unsagbar peinlich!

Wäre es nicht doch gut, wenn all dem bald, sehr bald ein Ende gemacht würde?

Die Luft hier im Zimmer war zu dumpf.

Hilde Schneiders verspürte einen überwältigenden

Drang, das Fenster aufzureißen und alle Blumentöpfe auf die Straße zu schleudern. Aber, igitt, am Fenstergriff häkelte eine klebrige Hopfenpflanze oder was es sein mochte –, und beinahe hätte sie die große Glaswanne umgestoßen, die, mit Wasser gefüllt, vor der Heizung stand. Ein Fischkäscher schwamm darin.

Ach, ein Aquarium, das fehlte noch, dachte Rolfs Mutter erbittert. Da sollte man sie am besten reinlegen.

Sie setzte sich wieder, nahm ein paar Schlückchen. Warm ließ einen der Tee werden und so müde.

Stefanie bastelte langweilige Trockenblumenarrangements und hängte sich Makramee-Arbeiten ins Fenster. Aber, warum nicht? So ein filetgehäkelter, schmaler Vorhang, der noch Licht in dieses Loch hineinließ, würde nicht schlecht dazu aussehen, überlegte sie sich und ließ wiederum die angenehm herbe Wärme des Tees ihre Zunge streicheln.

Das Grünzeug aber mußte weg, das wollte sie

sofort mit Stefanie abmachen. Dann, wenn ... daß Rolf mit seiner Allergie so was bis jetzt ausgehalten hatte!

Eine weiße Ledergarnitur, drei, zwei, eins, und Chrommöbel mit viel Glas könnten das Zimmer viel heller wirken lassen. Geschmack, den hatte Stefanie ja, auch wenn sie sonst, zugegeben, ziemlich nullachtfünfzehn war.

Aber sie würde Rolf wohl auch wieder gefallen. Denn was einen einmal als Mann gereizt hat ...

Doch Rolf liebte zur Zeit nur Dina, seine Undine, und schwärmte wie ein Fünfzehnjähriger von ihr, lebte durch sie.

Und sie verstand es, tief in ihrem Herzen, nur zu gut, sie, die ihrer Schwiegertochter nicht ohne Beklemmung in die Augen sehen konnte; in diese seltsamen Augen, deren Farbe nicht zu bestimmen war und zu wechseln schien wie die des Himmels zwischen Blau, hellem Grün oder Grau.

Das Leuchten in Rolfs Gesicht, wenn er nur von

ihr sprach und sie nicht da war.

Es tat weh, sehr weh. Wie lange mußte sie das hinnehmen?

Nein. Sie konnte ein Ende machen. Sofort, jetzt gleich. Man brauchte nur den vorsintflutlichen Heizlüfter, der das Bad so wohlig erwärmte, von dem wackeligen Hocker, auf dem er stand, zu ihr ins Wasser zu stoßen. Rolf hatte sich für diesen Leichtsinn seiner Undine schon öfter zu liebevoller Schelte aufgerafft, aber ihr war es egal gewesen, was er sagte. So war sie eben. Ein wie versehentliches Stolpern gegen den Hocker, der, wie sie wußte, immer dicht neben der Wanne stand, mußte genügen.

Hilde stellte sie sich vor, wie sie darin lag, die andere, die Rivalin, die Wasserfrau, tot, mit aufgerissenen Augen, von den lauen, wohlriechenden Wellen umspült, von den langen, schimmernden Haaren umschmeichelt.

Ach, sie war schön.

Wie es wohl wäre, von ihr umarmt zu werden?

Ihre Arme, helle, strahlende Haut, feucht und heiß, schlingen sich um deinen Hals, lassen dich nicht los...

Diese Glut und das Gefühl, daß deine Kehle immer trockener und enger wird...

O nein, nie, niemals würde es ihr möglich sein, sie zu töten, sie, die dazu bestimmt war, ewig zu leben, zwar unfruchtbar, ohne Seele, aber immer bereit zu lieben, zu umschlingen, hinunterzulocken in ihr Zuhause, das tödliche, lebenspendende Element.

„Undine, ich komm' ja zu dir", sagte Frau Schneiders laut, dort auf dem Sofa, der die Knie zitterten, auch die Hände, die die seit Minuten nicht angezündete Zigarette, die fast leere Tasse nicht mehr halten konnten. Die Tasse klirrte auf dem Fliesenboden und zerbrach.

Aber sie, sie konnte nun auch nicht mehr aufstehen. Sie legte sich statt dessen – der teure, sorgfältig gebügelte Hosenanzug war ihr nun egal – lang hin auf

den Diwan mit seinen unzähligen Kissen.

Wie naß sie war, sie triefte ... Schweiß? Oder Wasser?

Da kam Undine herein.

Ruhig sah sie sich um mit ihren hellen, sehr klaren Augen, die ein wenig aus den Höhlen hervortraten, was ihren Reiz erhöhte.

Auf dem Diwan zappelte ein grauer, ziemlich langer Hecht in Todesnot.

Undine lächelte.

Rasch nahm sie den Käscher aus der Glaswanne, packte das Tier mit der freien Hand fest und sicher hinter den Kiemen, hob es hoch und legte es in das Netz.

Der Fisch zuckte und wand sich, aber befreien konnte er sich nicht.

Doch als ihn Undine in das Wasser der Glaswanne gleiten ließ, schien er sich nach einer Weile ganz wohl zu fühlen.

Sie flüsterte ihm zärtlich etwas zu, tauchte die Hände in das Wasser und streichelte ihn ein wenig.

Doch dann legte sie ein Fliegengitter über die Wanne und darauf einen schweren Stein.

Morgen würde der Mann von der Zoohandlung das neue Tausend-Liter-Aquarium bringen. Ein Geschenk von Rolf.

Es gibt keine Eisblumen mehr
Ausgedacht von Kai Riedemann
Abgeschrieben von Annelle Swoboda
Illustriert von Annelle Swoboda

„Mach doch mal die Tulpen an!" sagt Willi. „Das ist immer so romantisch."

„Geht nicht. Sind kaputt." Ulrike nippt an ihrem grünen Cocktailglas. „Aber ich könnte die Lichterkette im Gummibaum anmachen."

Willi brummt vor sich hin. Die lila Leuchttulpen liebt er nun mal über alles.

„Wie wär's mit 'ner Partie Billard am Computer?" schlägt er vor.

„Die Diskette hab ich Peter und Tina geliehen. Die machen einen vorweihnachtlichen Spieleabend."

„Dann eben Fernsehen." Willi kippt sich reichlich Sekt ins Glas, schlürft den Schaum vom Rand und zappt sich mit der Fernbedienung eine heitere Rateshow auf den Schirm.

„Bingo!" ruft ein schlecht geschminkter Weihnachtsmann. Der Abend ist gelaufen.

Ulrike seufzt. Dann steht sie auf und blickt sich im halbdunklen Zimmer um. Die angeschmorten Plastiktulpen, die gutsortierte Telefonkarten-Sammlung, die gerahmte Doktor-Urkunde, der "Jingle Bells"-pfeifende Santa Claus, der neue Acryltisch, auf den Willi gerade seine Füße legt.

Sie holt tief Luft, wühlt mit der linken Hand in ihren langen, braunen Haaren und geht dann zum Fenster.

Draußen ist es kalt.

Sie schiebt den Ficus benjaminae natascha zur Seite und blickt hinaus.

Schnee. Frisch gefallener Schnee. Sogar der Gartenzwerg vor dem Haus ist mit einer dichten, weißen Flockenschicht bedeckt. Man sieht kaum noch die rote

Mütze. Im Garten gegenüber bauen Sven und Nina einen nächtlichen Schnee-Ferrari. Der echte Flitzer steht in der Einfahrt, während Herr Warnecke den Weg freischaufelt und Frau Warnecke die Scheiben mit einem Enteisungsspray behandelt.

„Sonderpreis! Sonderpreis!" schallt es vielstimmig aus dem Fernsehgerät.

Ulrike dreht sich nicht um und haucht einen trüben Fleck auf die Scheibe. Früher...

Sie haucht noch mal. Der Fleck wird größer. Herr Warnecke verschwindet samt Ferrari in einer dichten Nebelwand. Früher...

Ulrike geht in die Knie, stützt ihr Kinn mit einer Hand auf der Fensterbank ab, malt ein Herz in den gehauchten Fleck.

Irgend etwas war früher anders.

„Ist noch Pizza da?" fragt Willi.

„Im Eisschrank", sagt Ulrike. Sie schließt die Augen. Früher…

Schneeballschlachten, rote Nasen, dicke Wollfäustlinge, Fliederbeergrog, Eisblumen an den Scheiben.

„Warum gibt es eigentlich keine Eisblumen mehr?"

„Wie bitte?" fragt Willi.

„Na, Eisblumen. Wenn die Scheiben befroren sind."

Willi stellt die Bonusrunden-Fanfare leiser und nippt an seinem Sekt.

„Keine Ahnung!" sagt er. „Wahrscheinlich wegen der Doppelverglasung. Durch das Vakuum zwischen den Scheiben ergibt sich rein physikalisch gesehen eine…"

„Danke", sagt Ulrike. Sie steht auf, nimmt ihren roten Wollmantel von der

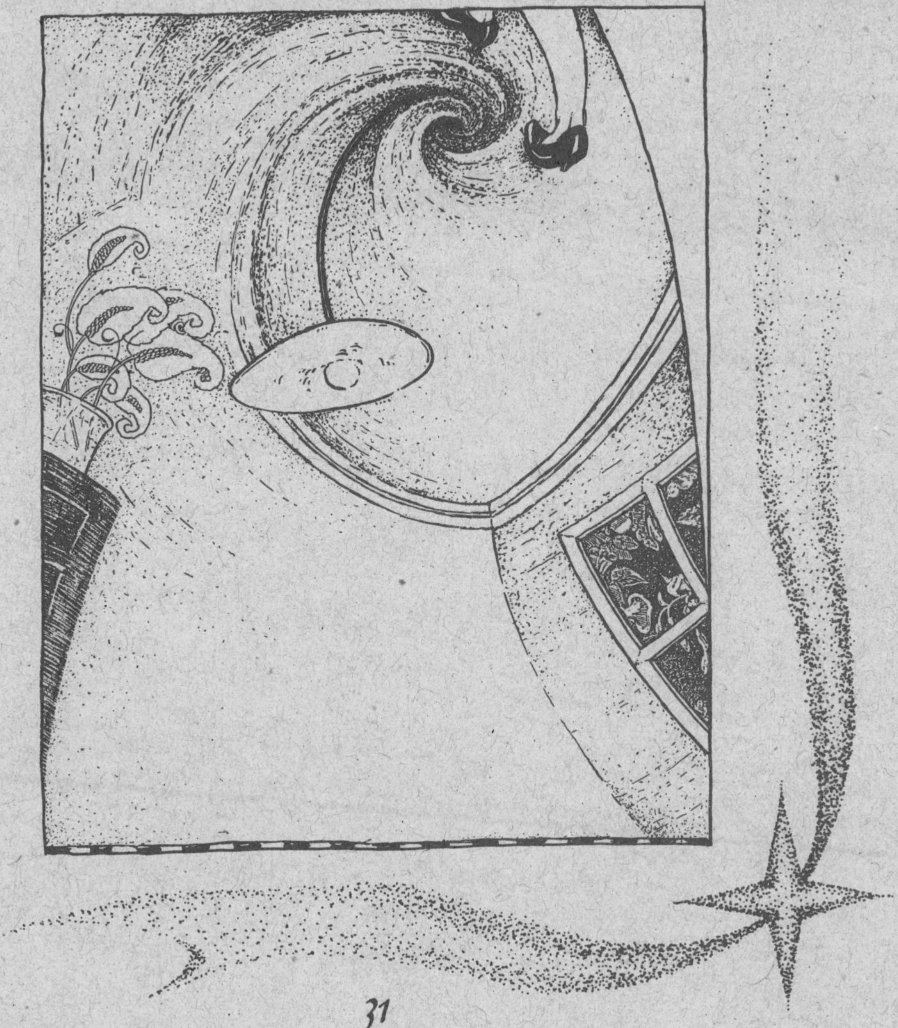

Garderobe und geht zur Tür.

„Wie gesagt, Pizza ist im Eisschrank."

„Danke. Keinen Hunger", hört sie Willis Stimme aus dem Wohnzimmer, dann fällt die Tür hinter ihr zu.

Draußen ist es tatsächlich verdammt kalt. Der Schnee knirscht unter ihren pinkfarbenen Lackpumps, fast genauso wie früher. Ulrike haucht eine Wolke in die Luft.

Warum gibt es keine Eisblumen mehr?

Und warum muß sie ausgerechnet jetzt, ausgerechnet heute, ausgerechnet hier daran denken?

Merkwürdig still ist es. Dann heult der Ferrari auf.

Ulrike geht in den Abdrücken von Kindergummistiefeln bis zum Nachbarhaus. Ein grauer Block. Im dritten Stock wohnt Kim. Auf jeder Stufe bleibt ein längliches Schneebröckchen zurück, das sich schnell in eine Pfütze verwandelt. Der Flur ist gut geheizt.

An Kims Tür klebt ein grüner Drache und ein kleines Schild: Steinorakel, Entspannungscassetten, Kaffeesatzlesen. We accept American Express.

Es gibt keine Klingel. Ulrike klopft.

Die Tür geht auf und entläßt Räucherstäbchenduft, blaues Licht und Kater Johann Wolfgang in den gutgeheizten Flur.

„Komm rein!" sagt Kim. Sie trägt einen Seiden-Kimono, der bis auf die Filzpantoffeln reicht. „Probleme?"

Ulrike zuckt mit den Schultern.

„Nur eine Frage. Warum gibt es keine Eisblumen mehr?"

Kim senkt den Kopf, bis ihr Gesicht

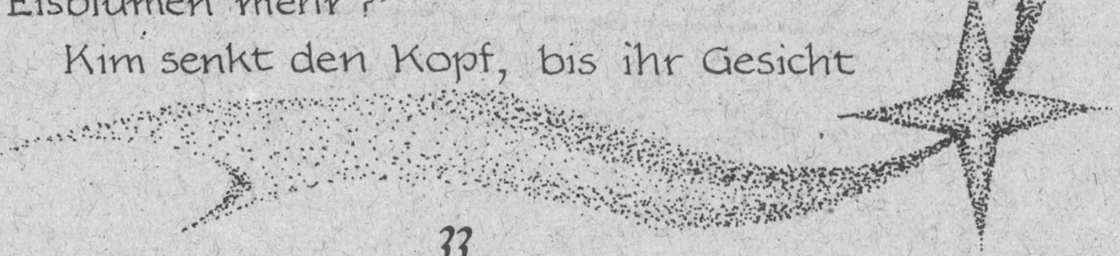

hinter langen, roten Haaren verschwindet.

„Willi sagt, durch die Doppelverglasung ergibt sich ein..."

„Scht!" Sie schiebt Ulrike tiefer in den Räucherstäbchenduft hinein. „Keiner glaubt mehr an die Eisblumenfee. Glaubst du an die Eisblumenfee?"

Ulrike zuckt wieder mit den Schultern.

„Siehst du? Jede Fee zieht ihre Macht aus dem Glauben der Menschen. In der heutigen Welt ist kein Platz mehr für die Eisblumen der Kinderzeit."

Sie tritt ans deckenhohe Bücherregal, sucht, zieht dann aus der dritten Reihe von oben ein abgegriffenes Bändchen. Ein Kinderbuch.

Mit dem Ärmel ihres Kimonos fegt sie den Staub vom geknickten Umschlag. Eine Fee wird sichtbar: lange, weiße Gewänder, ein schmales, blasses Gesicht, lächelnd, silberblonde Haare, in der rechten Hand einen dünnen Stab, an dessen Spitze ein Eiskristall funkelt.

„Die Eisblumenfee?"

Kim nickt und breitet die Arme aus.

„Früher haben die Kinder staunend an den befrorenen Scheiben gestanden und die wundervollen Kristallblumen bewundert, die eine dunkle, eisige Nacht gezaubert hatte."

„Heute nicht mehr?"

„Wer weiß?" Kim lächelt. „Wenn du genug glaubst..."

„Es ist kalt draußen. So kalt wie früher, als ich eine rotgefrorene Nase hatte und Fliederbeergrog trinken durfte. Vielleicht ist es heute kalt genug?"

Kim holt tief Luft, schiebt das Buch

zurück in die dritte Reihe von oben und zündet ein neues Räucherstäbchen an.

„Ich hätte da eine Idee... Wir sollten sie in aller Ruhe besprechen. Bei einer heißen Tasse Jasmintee und einer Vollkorn-Pizza. Hast du zufällig noch eine im Eisschrank?"

Ulrike nickt.

Irgendwo hinter den Buddha-Figuren schnurrt Johann Wolfgang.

Der Schuppen ist unbeheizt.

Ulrike hat es sich auf zwei alten Stühlen bequem gemacht und ihre Kerze in den ausgeschlachteten Computer-Bildschirm gestellt.

Es ist fast dunkel, sehr still und verdammt kalt. Der dicke, dunkelgrüne Kuschelmantel wärmt ein wenig. Sie hat ihn nicht mehr angehabt, seitdem Kims Kater letztes Silvester draufgepinkelt hat. Ulrike zieht die Nase

kraus. Nein, man riecht fast nichts mehr. In dieser Umgebung sowieso nicht.

Kim hat noch eine mollige Wolldecke spendiert. Außerdem Handschuhe, selbstgebastelte Ohrenschützer, die Tigerkrallen-Puschen und gute Ratschläge.

Pfannkuchengroße Fußspuren führen jetzt vom Haus zum Schuppen, von der Tür zu den zwei Stühlen in der hinteren Ecke, von den Stühlen zum kleinen Fenster und zurück.

„Kalt genug ist es", flüstert Ulrike in die glitzerklare Luft.

Sie zieht die Wolldecke bis ans Kinn hoch und denkt an Willi. Wahrscheinlich sieht er den Spätfilm auf RTL oder den Frühfilm auf PRO 7.

In ihrem Bildschirm brennt nur eine Kerze.

„Ach, ihr spinnt doch alle!" hat Willi gesagt und seine Zigarette im Beutel des känguruhförmigen Aschenbechers ausgedrückt.

Ulrike zieht die Wolldecke über den Kopf und lauscht ihrem Atem.

Es klopft in den Ohren. Kleine rote Punkte tanzen vor ihr auf und ab. Ihre Finger kribbeln in den dick gefütterten Handschuhen.

Sie denkt an die Eisblumenfee aus dem Kinderbuch. Diese blasse Gestalt mit langen, weißen Gewändern, in der Hand den dünnen Stab, an dessen Spitze ein Eiskristall funkelt.

Langsam atmen. Die Hände ganz tief in den Kuschelmantel vergraben.

Ulrike zieht die Wolldecke vom Kopf. Es bleibt dunkel.

Sie streckt erst die Beine, dann die steifgewordenen Arme, tastet vorsichtig in die Dunkelheit.

Ein kleiner Kerzenstummel zwischen

ihren behandschuhten Fingern.

Ulrike lauscht.

Stille. Nur ein ferner Motor. Ein leises Rascheln. Ein Knirschen im Schnee.

Sie läßt die Decke zur Seite gleiten und steht langsam auf. Mit tastenden Schritten zum Fenster – ein weißer Fleck inmitten der Schwärze. Ein Fleck, der rechteckig wird, heller, glitzernder. Das Weiß blendet. Ein Kasten, in den man hineingucken kann, mit einer ganzen Welt darin.

Ulrike hält den Atem an.

Es schneit. Dicke, weiße Flocken. Die pfannkuchengroßen Spuren im Schnee sind kaum noch zu erkennen. Aber daneben gibt es neue Eindrücke: kleiner, gerade so tief, daß der Mond einen Schatten hineinwirft.

Die Spuren führen genau auf den Schuppen zu.

Dann sieht Ulrike die schmale Gestalt.

RED & GOLD

Links neben dem Fenster, greifbar nah, mehr zum Dunkeln als zum Mondlicht gehörend. Reglos und stumm.

Ulrike schleicht auf lautlosen Tigerkrallen-Puschen zur Tür, tritt hinaus in die Nacht.

Die Gestalt ist noch da. Sie steht direkt neben dem Fenster, streicht jetzt mit einer Hand langsam über die Scheibe. Sie steht im Mondlicht und wirft doch keinen Schatten auf die Holzwand des Schuppens. Sie hebt die rechte Hand, richtet einen länglichen Gegenstand auf das Fenster, führt ihn mit kreisenden Bewegungen durch die schnee-erfüllte Eisluft.

„Eisblumenfee?" fragt Ulrike leise.

Die Gestalt zuckt zusammen, zieht den Kopf zwischen die Schultern, läßt die Hand mit dem länglichen Gegenstand sinken.

Ulrike geht einen Schritt vorwärts.

Das Schneetreiben wird dichter, der Mond dunkler, die fremde Gestalt heller.

Sie dreht sich langsam um und hebt den Kopf.

Endlich sieht Ulrike ihr Gesicht.

Feuerrote Haare. Irokesenschnitt. Schwarze Augenlider. Ein Glitzerstein im linken Nasenflügel.

Unter dem weiten, schwarzen Mantel eine alte Jeansjacke und neongrüne Leggings.

In der Hand eine Farbdose, den Daumen immer noch am Sprühventil.

„Eisblumenfee?" fragt Ulrike.

Für einen Wimpernschlag scheint langes, silberblondes Haar um ihren Kopf zu schweben, der schwarze Mantel schimmert weiß.

Dann reißt sie die linke Hand hoch. Licht.

Ulrike schließt geblendet die Augen.

Sie sackt in die Knie, verschränkt die Hände hinter dem Nacken. Ein Lichtblitz? Oder nur eine Taschenlampe?

Luft anhalten. Nicht zittern.

Als sie die Augen wieder öffnet, ist die Gestalt weg, das Schneetreiben noch dichter geworden und der Mond endgültig verschwunden.

Auch die kleinen Fußspuren sind nicht mehr zu erkennen.

Ulrike schüttelt die Flocken aus ihrem dunkelgrünen Kuschelmantel und tritt dicht ans Fenster heran.

Keine Blumenkristalle. Nur eine dünne Eisschicht. Rechts neben dem Holzrahmen ein roter Farbfleck.

„Eine Graffiti-Fee?" haucht sie gegen die graugefrorene Glasscheibe. „Weil keiner mehr an Eisblumen glaubt?"

Vielleicht sollte sie Kim von all dem erzählen.

Sie dreht sich um, blickt an der Rückfront des Wohnblocks hoch. Bei Kim brennt noch Licht. Wahrscheinlich meditiert sie mit Johann Wolfgang.

Aber auch Willi ist bestimmt wach und wartet.

Ihr Magen trifft die Entscheidung. Im Kühlschrank steht noch Mousse au Chocolat.

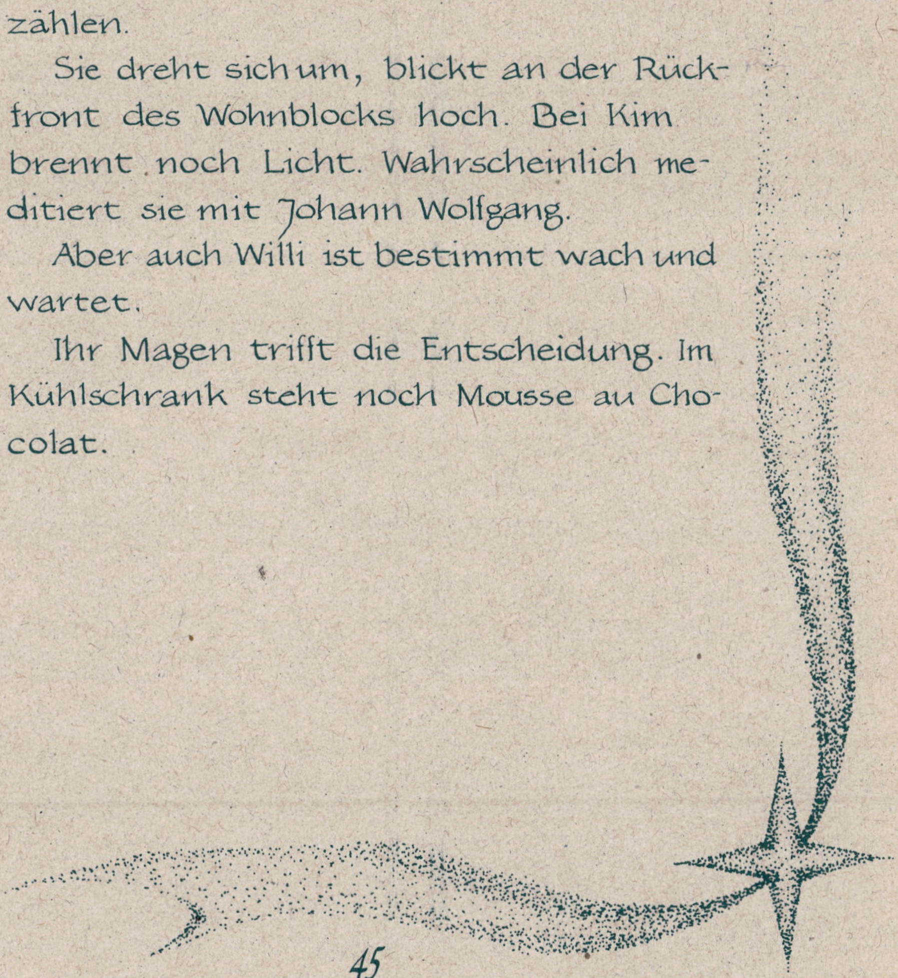

Gestern wie heute

Ausgedacht von Valena Cynan
Abgeschrieben von Maria Hackmann
Illustriert von Pia Eisenbarth

Noch drei Tage bis zur entscheidenden Prüfung. Das war eigentlich kein Grund, sich Sorgen zu machen, aber seit sie erfahren hatte, daß Professor Schierling die Kommission leiten sollte, war ihre Zuversicht erheblich gesunken. Ausgerechnet dieser Mann, der sie geradezu haßte, weil sie ihn als Praktikantin für ein Mitglied der Putzkolonne gehalten hatte – kein Wunder bei seinen mottenzerfressenen Knitteranzügen.

Das Stundenthema war auf die sozialgeschichtlichen Aspekte Englands im 15. Jahrhundert ausgerichtet. Als Schwerpunkt würde die Rolle der Frau, ihre Affinität zu abergläubischen Traditionen, kurz gesagt, die Hexe des Mittelalters, im Vordergrund stehen.

Diana strich sich resignierend die Haare aus

der Stirn. Hexen, gut und schön, aber die Flut der Veröffentlichungen befaßte sich mit Statistiken der Verbrannten, Werken der Buchdruckkunst wie dem „Hexenhammer" oder der „Ketzergeißel". So hatte die Kirche das Nachrichtenmonopol an sich gerissen, und sicher waren viele Aussagen verfälscht.

„Was sie mit ihrem teuflischen Pulver und Salben für Leut und Vieh umgebracht, wie lange dies her sei und warum sie das getan", las Diana ein paar Zeilen aus der Bibel aller Inquisitoren, bevor sie das Machwerk endgültig zuklappte und wieder in die unterste Reihe ihres Bücherregals schob. Damit konnte sie heutzutage keine Schulklasse und schon gar keinen Professor Schierling beeindrucken.

Nachdem also wieder einmal alle konventionellen Methoden versagt hatten, wandte sie sich den außersinnlichen zu. Viele ihrer Freunde belächelten diese Eskapaden: autogenes Training, Meditation, Astrologie, und das mitten im zwanzigsten Jahrhundert.

Sie stand auf, um das Fenster zu schließen, von dem aus die englische Nachtluft langsam den Raum auszufüllen begann. Trotz wollenen Überwurfs fror sie.

In dem Stövchen flackerte die Flamme des Teelichts und warf unruhige Schatten in die Dunkelheit. Ihre Hände tasteten nach dem Cassettenrecorder, bis ruhig dahinplätschernde Flötenmusik einsetzte. Die Glieder wurden schwer. Obwohl Diana ihre Augen geschlossen hatte, sah sie die Umrisse der Möbel vor sich. Ihr Geist griff suchend hinaus, löste sich vom Körper…

Noch drei Tage bis zur Stunde der Wahrheit. Selene rührte mit der Holzkelle in einem schmiedeeisernen Kessel, um den die Flammen eines Birkenfeuers züngelten. Die Salbe hatte im Dorf schon so allerlei kuriert, von Kopfschmerz bis zu Ehestreit. Ein wenig Gänseschmalz mit Hundefett und Kräutern vermengt, dies ließ sogar das Mißtrauen alter Starrköpfe verschwinden. Selbst die Wirtschafterin des Pfarrers war eine ihrer besten Kundinnen geworden – wenn ihre Hohe Geistlichkeit das wüßte!

Mit Ramon und ihrer Menschenkenntnis war es ihr nie schwergefallen, in diesen unsicheren Zeiten ein sorgloses Leben zu führen. Ihr Weg war vielleicht weder schwarz noch weiß, dafür wenigstens ungefährlich. Andere Hexen hatte die Kirche in dieser Zeit der Rosenkriege verbrannt, weil sie unvorsichtig genug waren, sich zu zweifelhaften Prophezeiungen hinreißen zu lassen, wenn die Belohnung nur hoch genug war. Andere hatten die Inquisitoren verspottet, ein Fehler, den sie unter der Folter bald bereuen lernten. Natürlich mußten auch viele Unschuldige sterben, aber war das nicht immer so?

Der Inquisition zu entkommen war nie ihr Problem gewesen. Zumindest, bis ihr undankbarer Gutsherr sie zu dieser Prophezeiung verpflichtet hatte.

Für die Dorfbewohner bot diese Prüfung ihrer Fähigkeiten nur eine Gelegenheit mehr, einmal nicht ums Saufen zu wetten. Die meisten vertrauten auf ihre Hexe, und der Pfarrer sah endlich einen Weg, dem unheiligen Treiben der Hexe ein Ende zu bereiten. Dummköpfe! Sie hatte keine Lust, ihr Leben für ein paar lumpige Münzen aufs Spiel zu setzen, aber einfach weglaufen? – Hier war schließlich ihr Zuhause. Wenn die Göttin aller Mondtöchter ihr auf dieser Welt helfen mußte, dann jetzt.

Selene starrte auf die brodelnde Mixtur im Kessel vor sich.

Ihr Geist griff suchend hinaus, löste sich vom Körper, und zwei Seelen berührten einander. Selene – Diana. Faszinierendes Erkennen erfaßte und wirbelte sie über Berge, durch Täler. Ruhe – unmöglich, die Konzentration aufrechtzuerhalten. Der Sog holte sie ein, zog sie in zwei Welten, kein Abschied für immer.

Der Schöpflöffel in ihrer Hand klebte in einem zähflüssigen Brei. Ein strenger Geruch, etwa zwischen faulen Eiern und verbranntem Braten, erfüllte den Raum. Der Rauch trieb ihr Tränen in die Augen, schmerzte in ihrer Lunge und ließ ihre Bewegungen langsamer werden. Gleich würde sie in diesen Gerümpelhaufen sinken, der sonderbare Traum würde

endlich vergessen sein.

„Selene, wir leben hier seit sieben Jahren, und jetzt willst du mir weismachen, daß du die Tür nicht finden kannst. Schlimm genug, wenn du deine Astralreisen nicht kontrollierst und alles versuchst, die Hütte in ein Flammeninferno zu verwandeln, mußt du dich dabei auch noch umbringen?"

Die Stimme drang durch die Rauchschwaden messerscharf in die Tiefen ihres Bewußtseins. In dieser Richtung mußte die Rettung liegen. Sie fegte die hinderlichen Gerätschaften beiseite – unverantwortlich, einen Besen mitten im Raum stehenzulassen, so daß jeder darüber stolpern mußte –, stieß mit aller Kraft die Holztür auf und ließ sich ins Freie fallen.

Durch die Baumkronen tauchten vereinzelte Sonnenstrahlen eine Waldlichtung in glühendes Kupfer. Sie sah sich um, konnte aber den

Sprecher nicht entdecken. Nur ein Kater leckte sich einige versengte Stellen im schwarzglänzenden Fell und musterte sie fast vorwurfsvoll. Langsam näherte sich das auffallend große Tier der stoßweise atmenden Frau.

„Haben wir es jetzt bald? Ich an deiner Stelle würde den Zuber nehmen, Wasser vom Bach holen und zusehen, daß nicht gleich das ganze Dorf mit der Spritze gelaufen kommt, Selene." Aus Sternenaugen fixierte sie das Katzentier. Kater sprachen doch höchstens in Märchen oder in Walt-Disney-Filmen. Das mußte ein Traum sein, also ein neuer Beweis für ihre Theorie. Selene? Das war wohl unmöglich.

Gleißendes Sonnenlicht durchflutete den Raum. Ein gleichmäßig scheppperndes Geräusch riß sie aus der Geisterwelt. Als die junge Frau nach dem Unruheherd zu suchen begann, fand sie unter einem Kissenstapel verborgen einen eckigen Kasten, von dem aus eine Schnur in die Wand zu führen schien. Das war kein Traum. Traumzimmer rochen nicht nach Rosen und Lavendel. Vorsichtig befühlte sie das so seltsam klingende Gerät. Es mußte Magie sein. Die Kunst der Göttin kannte viele Spielarten. Vielleicht wollte einer ihrer Boten auf diese Weise mit ihr in Verbindung treten – eine Art Flaschengeist? Wie den Deckel von einer Dose hob sie den Stab aus seiner Halterung, um ihn gleich darauf fallen zu lassen. Eine Stimme hatte zu ihr gesprochen: „Diana, bist du also doch da. Ich wollte dich nur erinnern, das Kino heute abend nicht zu vergessen. Wir holen dich mit dem Auto ab."

Hoch aufgerichtet, den Stab in den Händen, begann die Frau, den Geist zur Rede zu stellen: „Geist, bist du des Lichtes oder der Dunkelheit? Selene gebietet dir, Autokino, wer immer du auch sein magst, enthülle dein Geheimnis."

„Oh, Diana. Ich glaube, du hast dich wirklich ein bißchen zu sehr dem Prüfungsstreß ausgesetzt. Leg dich am besten ins Bett und versuche, ganz ruhig zu bleiben. Ich schicke dir später Roy vorbei."

„Laß die Höllenteufel in ihren Ebenen, ich bin die Göttin, und sie ist in..." Ein Klicken im Stab unterbrach ihren Wortschwall, und sie ließ sich schluchzend in die Kissen fallen. Wo war nur Ramon? Ihr linker Arm traf auf einen harten Gegenstand. Sie griff danach und zog zwischen den Polstern ein abgegriffenes Büchlein hervor. Wie gut, daß Ramon sie gelehrt hatte, die Sprachen der Völker in Wort und Schrift zu verstehen, auch wenn dieser Text sehr ungewöhnlich war und die meisten Worte für sie keinen Sinn ergaben. Es war jedenfalls das Tagebuch einer Diana Dorsen, die in einem Zeitalter der Wunder schon sieben Jahre dieses Haus bewohnte. Alle Menschen hatten gelernt, sich der Magie zu bedienen. Diese war zwar mächtiger – man konnte angeblich bis zur Göttin fliegen – aber wohl zugleich schwächer geworden. Diana schrieb tatsächlich, sie habe Schwierigkeiten mit einem Liebhaber, diesem Roy, von dem der Geist gesprochen. Das wäre ihr nie passiert. Selene glaubte nun, den Grund gefunden zu haben, warum die Göttin sie berufen hatte, in Dianas Rolle zu schlüpfen. Das Mädchen wußte nicht einmal, daß es eine Hexe war. So würde sie nie etwas zustande bringen. Sie hatte Angst vor den einfachsten Prüfungen, ständig Streit mit diesem Roy und keinen Kater! Da mußte sie Abhilfe schaffen. Wenn Diana als Selene doch nur ebensogut zurechtkäme.

Sie, Diana Dorsen, sollte sich also in eine überzeugte Hexe des fünfzehnten Jahrhunderts verwandelt haben. Zumindest war es das, was ihr der Kater begreiflich machen wollte. Ramon hatte versucht, ihr aus Selenes Leben zu erzählen, aber wenn sie nicht einmal mit ihrer eigenen Gefühlswelt klarkam, wie sollte sie da die Probleme einer Fremden lösen?

Der Hüttenboden war noch immer naß vom Wasser, das sie auf Ramons Geheiß aus dem Bach geschöpft hatte, um das Feuer wieder unter Kontrolle zu bringen. Eines hatte sie von diesem Kater schon gelernt. Er übertrieb in allem, was er sagte, maßlos und war vermutlich nicht halb so schlau, wie er gern tat.

Es klopfte. Bevor sie auf dem trockenen Pfad zur Tür balancieren konnte, wurde diese bereits aufgerissen, und ein Mann stürmte herein, der sie leidenschaftlich umarmte. Obwohl Diana nach Luft schnappte und, etwas unsicher über diese Situation, halbherzige Abwehrversuche unternahm, schien ihn das nur noch mehr anzuspornen.

Ramon hatte sich auf einem Stapel Decken zusammengerollt, öffnete nun aber gelangweilt die grün funkelnden Augen zu kleinen Schlitzen und bemerkte: „Das ist Darry, einer von Selenes Liebhabern. Einer der harmlosen. Er ist immerhin ein Mensch." Das klang ja alles sehr beruhigend. Es war zwar noch Selenes Körper, aber hier wurden ihre Gefühle angesprochen, und die sagten zur Zeit gar nichts. Selene war gut fünf Zentimeter größer als sie, außerdem störte dieses Haar sie bei jeder Bewegung, weil ihr ständig Fransen ins Gesicht fielen.

Auch schien Selenes Charakter mit ihrem wenig gemeinsam zu haben, wie sollte sie

darüber bloß jemanden hinwegtäuschen? Wenigstens gewöhnte sie sich langsam daran, daß nur sie dieses Katzenvieh hören konnte, etwas lästig war allerdings, daß es vermutlich ihre Gedanken ebensogut las, wie es sich in sie einmischen konnte.

Der Mann, der sie noch immer fest umklammert hielt, drückte ihr noch einen feuchten Kuß auf die Stirn: „Ach Selene, Liebste, ich kann nicht lange bleiben." (Wie bedauerlich.) „Meine Frau wird langsam mißtrauisch." (Auch das noch! Warum konnte sie sich des Gefühls nicht erwehren, daß dieser Kater sich die ganze Zeit nur über sie lustig machte?) „Sie wird noch den Pfarrer auf dich hetzen." (An die Kirche hatte sie noch gar nicht gedacht: Düstere Vorahnungen stiegen in ihr auf: Wasserproben, Folter, Scheiterhaufen. Ein Himmelreich für eine holländische Waage! Die bewies wenigstens eindeutig, daß eine Frau nicht leichter als eine Feder und damit also auch keine Hexe war.) „Ich wollte dir noch viel Glück und alles Gute wünschen, ich meine für die Prophezeiung. Lang ist nicht mehr Zeit. Die Gutsherrin ist doch schon hochschwanger." Wie nett, aber was hatte das alles mit ihr zu tun? Über diese Prophezeiung würde sie mit Ramon noch ein paar Worte wechseln müssen.

Roy war ein lieber Junge. Zwar für ihren Geschmack eher zweitklassig, aber sie hatte auch nicht vor, sich näher über Dianas Körper zu äußern. Diese Welt war längst nicht mehr so fremd, wie sie es zuerst gewesen war. Bloß wer nun hinter all den Wundern steckte, hatte sie noch nicht herausbekommen. Es mußte wohl eine mächtige Hexe sein. Als sie Roy vorsichtig danach gefragt hatte, murmelte dieser nur etwas von „Elektrizität“, aber wer würde schon freiwillig mit so einem Namen herumlaufen? Jetzt war Wichtigeres zu tun. Ein Kater müßte her, nur schien das hier schwierig zu sein. Wer mit Papier zahlte, bekam dafür Silbermünzen zurück. Wahrscheinlich war es nur ein Versehen gewesen, ob sie das noch einmal riskieren sollte? Man würde sie noch des Betruges beschuldigen, und das kurz vor Dianas Prüfung. Diese Themen waren eine leichte Übung. Auch konnte der Professor sicher nicht halb so schlimm sein, wie ihn Dianas Aufzeichnungen schilderten. Ärgerlich war allerdings, daß es ihr nicht möglich war, die auf dieser Welt übliche Magie anzuwenden. Dinge, die hier augenscheinlich jedes Kind beherrschte, stellten sie vor unlösbare Rätsel.

Hexen gab es sicher nicht mehr allzu viele. Sie war in einer Bibliothek gewesen, doch das meiste, was es dort an Literatur über „neue“

Hexen gab, hörte sich ausgesprochen lächerlich an. Der Rest war wirklich reinste Kirchenpropaganda. Zu schade, daß sie keine Schrift über die Rosenkriege hatten. Sicher würden sich ein paar geschichtlich abgesicherte Prophezeiungen mehr als auszahlen.

Jetzt mußte sie aber in die Lehranstalt. Trotzdem wäre es doch nett gewesen zu wissen, wer diese Rosenkriege nun eigentlich gewinnen würde.

Der Tag der Prophezeiung. Diana war sich nicht sicher, ob ihr das wesentlich besser gefiel als die versäumte Prüfung. Hier ging es um ihr Leben, oder doch zumindest um Selenes Leben, und was würde dann mit ihr passieren?

Zum Glück war die englische Geschichte dieser Zeit ihr Spezialgebiet, sonst hätte sie kaum etwas über die Nachkommenschaft dieser

Adelsfamilie sagen können. So war alles klar. Die Gutsherrin würde einen Sohn gebären, später Sir Eduard von..., aber das tat nichts zur Sache. Es war genug gewesen, das Geschlecht des Kindes vorherzusagen und ihm Ehre und Ruhm für die Zukunft zu weissagen. Daß man sie bis zur Geburt des Kindes in diese Kammer gesperrt hatte, war zwar schrecklich, aber es war wenigstens ein Schutz vor weiteren Überraschungen aus Selenes Vorleben. Sie vermißte Ramon. Wenn er auch ein besonders gehässiger Kater sein mochte – er verstand sie wenigstens.

Beunruhigend war nur der Scheiterhaufen, den dieser übereifrige Pfarrer zur Sicherheit schon vor ihrem Fenster errichten ließ. Hier verbrannte man Hexen also, wenn sie versagten. Eine Wache hatte ihr erzählt, wie der Pfarrer vor wenigen Tagen wutentbrannt mit einer Art Salbentiegel zum Gutsherrn gelaufen war,

aber ohne Ramon konnte sie sich daraus auch nicht viel zusammenreimen. Ihre Prophezeiung war richtig, dennoch schlief sie bedeutend schlechter, je höher der Scheiterhaufen aufgeschichtet wurde. Am Tage starrte sie auf die roh behauenen Mauern, von denen das Wasser rann. Diana wäre in diesem Gefängnis vermutlich längst einem Kälte- oder Hungertod zum Opfer gefallen, aber Selenes Körper schien das alles ohne weiteres verkraften zu können.

Die Tür öffnete sich, und mit eingezogenem Kopf polterte eine dieser nach italienischen Filmhelden aussehenden Wachen herein.

„Mitkommen. Die Gutsherrin hat soeben eine Tochter zur Welt gebracht. Sie war tot." Da war sie bald nicht mehr die einzige. Dianas Verstand setzte aus. Ein totes Mädchen? Es hätte ein lebender Sohn sein müssen. Was war das nur für ein verlogenes Spiel? Ob dieser Pfarrer etwas damit zu tun hatte?

Ihr wurden die Hände gebunden. Zwischen zwei Wachen trat sie den letzten Gang ihres oder doch wenigstens Selenes Leben an. Geschichtsbücher konnten also doch irren. In einem England, wo die Katzen sprachen, konnten vielleicht auch tote Mädchen als lebende Recken in die Geschichte eingehen. Sie jedenfalls würde es nicht mehr herausfinden.

Als sie den Pfarrer aus der Nähe sah, wurde ihr für einen kurzen Moment schwindlig. Die Ähnlichkeit mit Professor Schierling war so offensichtlich, daß sie an den sadistischen Zügen dieses England-Genies nun gar nichts mehr wunderte, einmal Inquisitor, immer Inquisitor. In mangelhaftem Latein erlöste er sie kurz von ihren Sünden und führte sie dann wie eine Trophäe zum Scheiterhaufen.

„Das Feuer wird dich reinwaschen, meine

Tochter." Ein echter Schierling. Während er die Fackel entzündete, rückten die sie umringenden Dorfbewohner immer enger zusammen. Auf den Gesichtern der Männer spiegelte sich Mitleid, Trauer und Schmerz wider, das zufriedene Lächeln der Frauen zeigte nur zu deutlich, welche Beliebtheit Selene bei ihnen genossen hatte.

Weit im Hintergrund glaubte Diana den Schatten Ramons zu erkennen, aber ihre Gedankenschreie erreichten ihn nicht. Die Angst vor dem alles versengenden Feuer war zu groß, wie hätte er ihr auch helfen sollen ?

Alles wartete auf das Zeichen des Gutsherrn. Die Prophezeiung war fehlgeschlagen, also mußte alle Hilfe dieser Hexe nichts als höllischer Trug gewesen sein. Die Menschen wurden langsam unruhig. Viele sahen sich ängstlich um, als befürchteten sie, zur Rettung der Teufelsdienerin würden Dämonen aus dem Erdboden empor-

steigen. Andere führten leise Gespräche mit ihren Nachbarn. Als die ersten begannen, kleine Steine vom Boden aufzulesen, trat der Gutsherr an ein Fenster des Hauses. Der Pfarrer ließ langsam die Fackel sinken, so daß sie dem Stroh näher und näher kam. Da streckte der Gutsherr der Menge ein Bündel entgegen, das er fest in seinen Armen hielt.

„Gott hat mir einen Sohn gegeben. Eduard trauert mit uns um seine gar zu früh dahingeschiedene Zwillingsschwester." Als wenn er die Worte seines Vaters bekräftigen wollte, begann der Kleine fürchterlich zu brüllen. Das hatte sie vergessen. Natürlich war Eduard ein Zwilling gewesen. Diese kleine Nachlässigkeit hätte auch tödlich enden können.

Ihr Geist war frei. Etwas, jemand holte sie zurück. Ihre Aufgabe war schon beendet, irgendwie doch schade. Diana löste sich von Selenes Körper und hörte, bevor sie in eine andere Welt hinüberglitt, nur noch Ramons Abschiedsgruß.

Die Kinder waren erstaunlich aufmerksam, so ganz anders, als sie Kinder sonst kannte. Es hatte sie zwar anfangs verwirrt, daß Professor Schierling genau wie der Dorfpfarrer aussah, aber jetzt konnte sie Dianas Angst vor diesem Menschen gänzlich verstehen. Er war recht blaß geworden, als er ihre Schilderung über eine Hexe verbunden mit dem sozialen Gefüge einer ganzen Ortschaft hörte. Die Kinder stellten immer noch mehr Fragen, und es war eigentlich schade, ihnen nichts von Ramon erzählen zu dürfen.

Unvermittelt übertönte der schnarrende Baß des Professors die Diskussion: „Alles sehr interessant, Fräulein Dorsen. Man könnte fast meinen, Sie hätten meine Quellen genutzt. Würden Sie uns bitte abschließend etwas über den

Ausgang der Rosenkriege berichten."

Kaum war sein Blick auf ihre Augen gerichtet, wußte er, daß er sie an ihrem schwachen Punkt gepackt hatte. Er konnte noch jede aufs Glatteis führen, und ihre Hilflosigkeit war nicht mehr zu übersehen.

„Nun, Fräulein Dorsen?" Eigentlich eine ganz einfache Frage, wahrscheinlich die Prüfungsangst, aber was ging ihn das an. Es zählten Resultate. Jeder Mensch dieses Jahrhunderts sollte über die Rosenkriege doch wenigstens globale Auskünfte geben können.

Woher sollte sie wissen, wie ein Krieg ausging, der in ihrer Zeit noch nicht entschieden war? Diana wüßte es, Diana mußte – ihre Seele spürte eine vertraute Berührung, leicht wie ein Sommerwind. Die Besitzerin kehrte in ihren Körper zurück. Selene löste sich, war frei, Ramon – sie hörte seinen Ruf.

„Also noch einmal, Fräulein Dorsen. Wie endeten die Rosenkriege?“ Professor Schierling weidete sich am Anblick seines Opfers. Doch dann, etwas veränderte sich. Ein triumphierendes Funkeln trat in Dianas Augen, und sie sagte ruhig: „Sie endeten mit dem Sieg der weißen Rose. 1461 kam Eduard von York in den Besitz der Krone und bestieg den Thron als Eduard IV.“

Leschil

Ausgedacht von Gisela Walitzek
Abgeschrieben von Barbara Eckholdt
Illustriert von Annette Swoboda

Das Fatale an der Sache war, daß ich anfangs gar nicht merkte, wie ich unaufhaltsam hineinschlitterte. Sie begann nämlich so harmlos, daß ich bis heute nicht weiß, ab wann ich hätte Verdacht schöpfen müssen.

Mit der fremden Stimme fing es an. Doch natürlich dachte ich mir nichts dabei. Ab und an ist sie beim Telefonieren einfach da in der Leitung und spricht irgendwas zu irgendwem. Eine Fehlschaltung der Post oder eine Überlastung im Netz, die jeder kennt und die niemanden interessiert, weil sie sich erledigt hat, sobald man den Hörer auflegt.

In meiner Leitung war es ein Wispern. Es war zu der Zeit, als ich jeden Abend mit Hans-Hermann telefonierte. Hans-Hermann war Sachbearbeiter bei der Volksfürsorge, und abgesehen davon, daß ihm ein halber Eckzahn fehlte, sah er blendend aus. Elli und die anderen platzten vor Neid.

Zuerst dachte ich mir nichts dabei. Doch immer

und nur dann, wenn ich mit Hans-Hermann telefonierte – zuerst nur selten, hin und wieder und zum Schluß immer öfter –, wisperte es. Hans-Hermann hörte das Wispern nicht. Es wisperte anscheinend nur bei mir. Doch das manchmal so laut, daß ich nichts mehr verstand. Weder von dem, was Hans-Hermann mir sagte, noch das, was die Stimme wisperte.

Irgendwann wurde es mir zu bunt. Total entnervt rief ich die Störungsstelle an. Sie versprachen, der Sache auf den Grund zu gehen. Besonders zuversichtlich klang das nicht. – Ich hatte mich geirrt. Der Hörer war noch warm, als es an der Haustür klingelte. Es war der Entstörer von der Post.
»Das ging aber schnell«, staunte ich.

»Ich hatte in der Gegend zu tun«, wisperte er. Das leuchtete mir ein. Ich dankte Gott für diese Fügung des Schicksals. Er war groß, schlank und doch muskulös, und seine Zähne waren – soweit ich das be-

urteilen konnte – makellos in Ordnung. Während er sich über das Telefon beugte, erzählte er mir, daß er Mühle spiele, Beethoven liebe und Schneekugeln sammle. Genau das gleiche tat ich auch.

»Sie sollten unbedingt etwas gegen Ihre Heiserkeit tun«, sagte ich beim Abschied zu ihm und spürte doch selbst schon einen dicken Kloß im Hals.

Er lächelte wehmütig und schloß leise die Tür. Im Treppenhaus bewegte er sich so leichtfüßig, daß ich keine Schritte vernahm.

Zwei Tage später wisperte es schon wieder. Gleich am nächsten Morgen rief ich überglücklich die Störungsstelle an. Sie wollten ihr Möglichstes tun, und sie hielten Wort. Es klingelte, kaum daß ich aufgelegt hatte.

Er verbrachte seinen Urlaub am liebsten im Gebirge und war nicht verheiratet. Genau wie ich. Hans-Hermann erwähnte ich natürlich nicht.

Diesmal dauerte es drei Tage, bis es wieder wisperte. Ich hatte schon das Schlimmste befürchtet.

Der Entstörer klingelte beim letzten Knacken in der Leitung. Er aß leidenschaftlich gern Knoblauch zu Fisch. Wie das paßte! Mit Hans-Hermann hatte es öfter Probleme gegeben deswegen.

Ich konnte es nicht fassen. Vor allem, als es tagelang nicht mehr wisperte. Es war zum Verrücktwerden. Ich hatte Hans-Hermann den Laufpaß gegeben und dabei erst zu spät bedacht, daß mein neues Glück an seiner Leitung hing.

Am fünften Tag hielt ich es nicht mehr aus. Ich wählte die Nummer der Störungsstelle und begann zu erklären, daß es schon wieder wisperte.

Ich hatte die Lüge noch nicht zu Ende gesprochen, als es klingelte. Mit einem Strauß roter Rosen stand der Entstörer vor der Tür. Er war gekommen, um um meine Hand anzuhalten.

»Ich liebe Sie«, wisperte er. Sein Hals war noch immer nicht besser geworden. Doch das trübte unser Glück natürlich nicht.

Wenn dies überhaupt jemand zu tun vermochte, so Elli und die anderen. Sie starrten abwechselnd auf ihn und mich und wünschten mir kopfschüttelnd alles Gute. Was hatte ich auch anderes erwartet? Es war der Neid. Der blanke Neid. Erst Hans-Hermann und dann Er. So viel Glück konnte man selbst der besten Freundin nicht verzeihen. Wir feierten unsere Hochzeit im engsten Kreis.

Vertrauensvoll hatte ich Leschil – er erklärte mir seinen ungewöhnlichen Namen mit einer Laune seiner Mutter – die Vorbereitungen überlassen. Der Brautführer war einer seiner besten Freunde. Er war mir nicht geheuer. Ich fröstelte, als er mich durch den Saal geleitete. Wir waren gerade bis zur Mitte vorgedrungen, als ich Leschil hinter mir wispern hörte. Ich hatte ihm mindestens drei Hals-Nasen-Ohren-Ärzte empfohlen, doch seine Stimme wurde einfach nicht besser. »Bevor du meine Frau wirst, mußt du mir noch eins geloben!«

Ich traute meinen Ohren nicht. Hätte er sich das nicht früher überlegen können?

»Öffne niemals die Schatulle mit dem grünen Fisch.«

Entweder ich hatte mich verhört, oder Leschil hatte heimlich getrunken. Auf jeden Fall aber war es ihm ernst. Er stupste mich ungeduldig.

»Ich soll niemals die Schatulle mit dem grünen Fisch öffnen?« fragte ich vorsichtshalber nach. Leschils Gewisper war manchmal kaum zu verstehen.

»Genäu!« mischte sich jetzt wispernd auch noch der Brautführer ein. Anscheinend hatte er Leschil beim Trinken Gesellschaft geleistet.

»Versprichst du es?« forderte Leschil flehentlich.

Der Mann hatte Humor. Es war hier weder Zeit noch Ort für langatmige Diskussionen. Wie mir zu meinem Entsetzen erst jetzt bewußt wurde, traten der Brautführer und ich schon seit geraumer Zeit auf der Stelle. Leschil klebte uns wie eine Schmeißfliege im Nacken. Auf die Hochzeitsgesellschaft – so klein sie auch war - mußten wir wirken wie die Marx-Brothers in Concert. Der Standesbeamte räusperte sich nervös.

Ich hatte die Wahl, schreiend hinauszurennen oder einzuwilligen und weiterzugehen. Ich entschied mich für letzteres. So knapp vor dem Ziel meiner Träume hätte ich ganz anderes versprochen. Ich gelobte es also hoch und heilig.

Mein »Ja«! zischte noch durch den Gang, als ich schon neben Leschil vor dem Standesbeamten stand. Ich konnte mich nicht erinnern, das letzte Stück gegangen zu sein.

Unsere Ehe wurde glücklich. An das merkwürdige Versprechen und die denkwürdigen Umstände, unter denen Leschil es mir abverlangt hatte, dachte ich erst mal nicht. Leschil war der liebevolle Ehemann und heißblütige Liebhaber, von dem ich immer geträumt hatte. Was interessierte es mich im Nachhinein, daß ihm am Tage unserer Hochzeit die Nerven versagt hatten?

Nach etwa drei Wochen – es war seit unserer Hochzeit Leschils erster Arbeitstag, und ich langweilte mich fürchterlich – fand ich in der Kaffeedose eine kleine, hölzerne Schatulle. Ich traute meinen Augen nicht und rief als erstes nach Leschil. Er war nicht da. Ich selbst hatte die Tür hinter ihm von innen verriegelt. Leschil hatte mir beim Weggehen dazu geraten.

Es war die zweite Kanne Kaffee, die ich seither aufgebrüht hatte. Bei der ersten – da war ich mir sicher – hatte die Schatulle dort noch nicht gelegen. Vorsichtig schüttelte ich das Kaffeepulver ab und starrte auf den grünen Fisch. Er zierte eine weiße Kachel, die in den Holzdeckel eingelassen war. Der Fisch grinste hämisch. Als wolle er sagen, du traust dich nicht.

Ich zögerte keine Sekunde. Ich würde dem Spuk ein Ende bereiten. Beherzt öffnete ich die Schatulle mit dem grünen Fisch.

Im stillen hatte ich damit gerechnet, daß mir eine Clownsfratze entgegenspringen oder ein Lachsack zu dröhnen beginnen würde. Doch wider Erwarten geschah all dies nicht.

Nur auf dem Boden der Schatulle lag ein kleiner Zettel.

Du hast die Schatulle mit dem grünen Fisch geöffnet, stand darauf geschrieben. So schlau war ich auch. Etwas mehr Phantasie hätte ich Leschil schon zugetraut.

Ich wollte die Schatulle gerade wieder verschließen, als ich in der rechten unteren Ecke des Zettels das kleine Bitte-wenden-Kürzel bemerkte.

Ich bin nicht der, für den du mich hältst, hatte Leschil auf der Rückseite vermerkt.

Dieser Meinung war ich allmählich auch. Doch wer um alles in der Welt war er? War er andersherum? Nicht Beamter auf Lebenszeit? Gebißträger?

Ich wußte nicht, was ich davon halten sollte.

Kurzentschlossen warf ich den Zettel mitsamt Schatulle in die Kaffeedose zurück und kochte mir Tee.

Früher als erwartet drehte sich Leschils Schlüssel in der Wohnungstür. Ich lag in der Badewanne und rührte mich nicht. »Da bin ich wieder, Darling«, wisperte es aus dem Flur. Leschil würde eine Behandlung beim Heilpraktiker ins Auge fassen müssen.

Als sich die Tür zum Bad öffnete, stand vor mir ein wildfremder Mann. Er war klein und dicklich, hatte gelbliche, fettige Haare und aschfahle, pickelige Haut.

Ich weiß bis heute nicht, warum ich nicht zu schreien begann. Ich weiß bis heute nicht, woran ich es merkte. Denn trotz allem wußte ich – das war Leschil. Er hätte zur Bestätigung nicht wieder wispern müssen. Als er es trotzdem tat, überraschte es mich nicht, daß ihm ein halber Eckzahn fehlte.

Der grüne Fisch hatte Leschil verzaubert. Er

war nicht mehr der, der er noch vor Stunden gewesen war. Er selbst wollte von all dem nichts wissen.

Noch für denselben Abend lud ich all meine Freunde ein. Sie sollten kommen und es ihm bestätigen. Sie kamen, aßen, tranken, und dann gingen sie wieder, ohne auch nur eine einzige Bemerkung über Leschils Veränderung verloren zu haben. Sie schienen sie überhaupt nicht wahrzunehmen.

Ich begleitete Elli zur Tür.

»Findest du nicht, daß Leschil sich in letzter Zeit verändert hat?« fragte ich sie geradeheraus. Sie war schließlich mal meine beste Freundin gewesen und würde mich nicht belügen.

»Eigentlich nicht«, log sie dann doch.

»Findest du nicht, daß er irgendwie kleiner, dicker – sagen wir – häßlicher geworden ist?« bohrte ich nach.

»Nein«, sagte sie.

»Du lügst«, sagte ich.

»Sagen wir es so«, sagte sie, »seit ich ihn kenne, ist Leschil klein, dick und häßlich. Ob mal mehr oder weniger, fällt nicht ins Gewicht. Er hat fettige Haare, aschfahle Haut, ist pickelig, wispert, und was er wispert, bliebe besser ungesagt. Du mußt verrückt gewesen sein, als du ihn geheiratet hast.«

Elli log, wenn sie nur den Mund aufmachte.

Es war schlimm für mich, die beste Freundin zu verlieren. Es war noch schlimmer für mich, in ein Haus zurückzukehren, in dem ein kleiner, dicker, häßlicher Mann saß und behauptete, mein Ehemann zu sein. So und nicht anders.

Ich konnte ihn nicht vom Gegenteil überzeugen. Seine Ausweispapiere, die Fotos von unserer Hochzeit, die Kleider in seinem Schrank – das alles gab ihm recht. Er war klein, dick und häßlich.

Und all dies war er schon immer gewesen. Die Wahrheit war erschütternd. Der Fisch hatte nicht Leschil, der Fisch hatte mich entzaubert. Natürlich war er danach mitsamt Schatulle aus der Kaffeedose verschwunden. Leschil wußte von nichts.

Ich lebe seither Seite an Seite mit einem kleinen, dicken, häßlichen Mann. Er wispert, und was er wispert, bliebe besser ungesagt. Ich verlasse ihn nicht, denn noch gebe ich nicht auf.

Ich will Leschil – meinen Leschil – wiederhaben.

Ich weiß, daß ich dazu den grünen Fisch brauche. Es hat wenig Zweck, nach ihm zu suchen, denn wenn es an der Zeit ist, werde ich ihn in der Kaffeedose wiederfinden.

Ich werde von ihm verlangen, daß er mir unverzüglich eine zweite Chance gibt. Doch diesmal muß er nicht mich, er muß Leschil verzaubern. Und dann werden Elli und die anderen ja sehen.

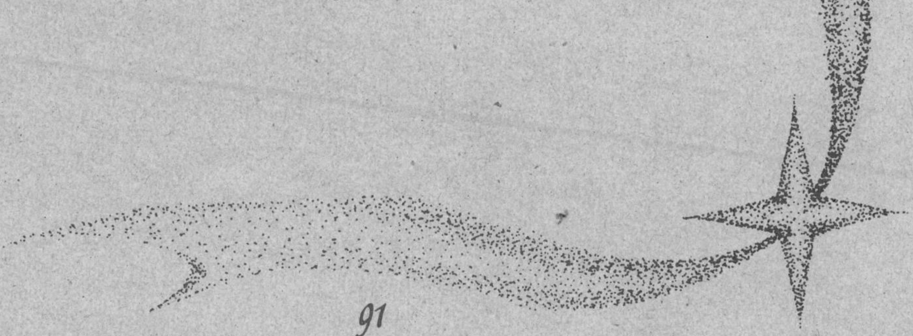

Die Verführung

Ausgedacht von Olaf Greve
Abgeschrieben von Jörn Plenz
Illustriert von Barbara Eckholdt

Völlig klar, daß in dieser Geschichte lauter Dinge und Gedanken erwähnt und erwogen werden, die Sie selbst schon vor Augen oder im Kopf halten. Das gilt für die meisten Geschichten. Aber gelebt haben Sie sie sicherlich nicht. Genau das wird Andreas Hirtenberg übernehmen, unser Held. Aber lesen Sie selbst:

Eines Morgens in aller Frühe brach der Mann Andreas H. von seinem Haus am Rande der Stadt auf, um zum Kaufmann zu gehen. Dieser führte sein Geschäft in der Nähe des Marktes, so daß der Mann ein gutes Stück Weg laufen mußte. Längs des Weges traf er auf eine Reihe von Menschen, die er kannte und die ihm freundlich zunickten. Er grüßte zurück, blieb jedoch nicht auf einen Schwatz stehen. Ein Austausch von Neuigkeiten schien ihm zu dieser Stunde nicht angebracht, schließlich war er auf dem Weg zur Arbeit. Schließlich erreichte er den Laden und betrat ihn zielstrebig.

Die Stimmung im Verkaufsraum wandelte sich schlagartig: Wo eben noch eine entspannte Atmosphäre geherrscht hatte, schien sich jetzt, da man des Mannes gewahr wurde, alles zu straffen und sämtliche Aufmerksamkeit auf ihn zu richten. Der Kaufmann freute sich, Andreas H. zu sehen, da er als häufiger Kunde manche Mark bei ihm gelassen hatte.

Allerdings hatte er häufig etwas absonderliche Wünsche. Die Konservendosen stießen sich gegenseitig an, das Obst reckte sich in den Kisten, um einen besseren Ausblick zu erheischen, und selbst aus dem Parfümregal drang unterdrückt das Kichern der Flacons aus Frankreich.

Von diesen Wandlungen schien der Mann äußerlich unbeeindruckt. Er schritt energisch auf den Verkaufstresen zu, wünschte freundlich und bestimmt einen guten Morgen und verlangte Tomaten aus Spanien und in Knoblauch gelegte Oliven. Der Kaufmann seufzte und erwiderte lächelnd, er habe zwar

Tomaten, aber keine aus Spanien, und auch seine Oliven seien leider nur in Basilikum eingelegt. Mit dem Brot verhielt es sich ähnlich, und auch mit dem Käse konnte der Kaufmann den Mann nicht zufriedenstellen. Aber Andreas H. würde schließlich doch etwas nehmen, das wußte der Händler. Und er behielt recht. Andreas aber blieb unzufrieden mit seinem Einkauf, denn den Genuß, der ihm seit dem Artikel im Feinschmecker-Magazin vorgeschwebt hatte, würden diese Einkäufe nicht einbringen. Freundlich, aber enttäuscht verließ er das Geschäft und lenkte seine Schritte in Richtung auf den Park, wo er die Zeit bis zum Arbeitsbeginn verbringen wollte.

Wenigstens das Wetter war erfreulich, und er ließ sich in der Nähe hoher Stauden auf einer Bank nieder. Außer einer Libelle war niemand in der Nähe. Sie sprach leise vor sich hin mit seltsam entrücktem Blick. Als sie eine Pause zu machen schien, entschuldigte er sich zunächst für die Störung und erkundigte sich dann, ob sie tatsächlich den Erlkönig rezitiert habe? Er kenne den Text noch aus der Schulzeit.

»Gerade habe ich an Sie gedacht«, erwiderte die Libelle, »und richtig, mir fiel der Erlkönig ein:

Mein Sohn, was birgst du so bang dein Gesicht? –
Siehst, Vater, du den Erlkönig nicht?
Den Erlkönig mit Kron' und Schweif?
Mein Sohn, es ist ein Nebelstreif.

Sie, mein lieber Andreas, sind gerade Ihrem Erlkönig begegnet. Es ist doch wirklich nur eine Selbsttäuschung, der Sie erlegen sind. Sie müssen sich mehr durchsetzen, mehr Willensstärke zeigen. Schließlich wollten Sie doch bestimmte Waren, und Sie wollten sich einen Genuß gönnen. Wir leben in einer Zeit, in der die Konkurrenz, dieses göttliche Prinzip, die Dinge bestimmt. Der Wettstreit, Andreas, ist das Feld des Mannes. Männer kämpfen für ihre Interessen.

Das lehren Väter ihre Kinder seit Jahrhunderten -und das Leben.

Ich selbst habe einige Jahre dieser Erfahrung auf einem Hof im Mecklenburgischen machen dürfen. Es war zu Beginn des Jahres 1672. Ich lernte gerade meine erste Frau kennen, daher kann ich mich sogar noch an das Wetter erinnern: kalt und regnerisch. Damals bekam der kleine Martin von seinem Herrn mit der Knute kräftig Senge, weil er sich von seiner Schwester hatte unterkriegen lassen. Das war- und ist- eines Mannes unwürdig.

Und Sie, Andreas: Seien Sie doch mal unfreundlich und grob zu Ihrem Händler. Üben Sie das. Eine gewisse Strenge und Disziplin hat Ihnen Ihr Vater doch mitgegeben; was Ihnen noch fehlt, ist die männliche Sicherheit und Souveränität, das Unbeirrbare. Es gibt keine Erlkönige, Goethe irrt da- und nicht nur an dieser Stelle. Ich habe ihm das mehrmals gesagt, aber, na ja, das führt jetzt zu weit. Ich werde immer ein wenig weitschweifig, wenn ich an meine erste Frau denke. Sie hat sich übrigens das Leben genommen, als unser Ältester für Ehre und Vaterland fiel. Sie hat zu Lebzeiten den Sinn des Todes nie richtig verstanden. Merkwürdig, nicht wahr?« sagte die Libelle und wandte ihre Facetten von ihm ab.

Zurück blieb der Mann, von den Worten des Tieres verwirrt. Woher mochte das Tier ihn kennen? Und was hatte Goethe damit zu tun, der war nun wirklich nie sein Fall gewesen. Er fühlte Ärger in sich aufsteigen. Woher der kam, wußte er nicht.

Spät abends erreichte er, noch immer unzufrieden und zusätzlich müde vom Arbeitstag, sein Häuschen. Wäre er von diesem unglücklichen Einkauf geruhsamen Schrittes direkt ins Büro gegangen, hätte er sich erstens die Hetzerei erspart und zweitens dieses belastende Gespräch mit einer schwatzhaften Libelle. Was gingen ihn ihre Gedanken an? Nun saß er in seiner Küche, fühlte sich unter Druck und konnte seinen

Rhythmus nicht finden. Da, nun verschüttete er auch noch heißes Wasser.

Was für ein Trottel war er doch. Wofür arbeitete er denn? Was hatte er denn von seinem Leben? Mürrisch wischte er den Küchenboden, schleuderte den Lappen in den Ausguß, riß die Kühlschranktür auf und nahm lustlos Margarine und Käse heraus. Er wusch die falschen Tomaten und legte die falschen Oliven dazu. Ihm schien sein Abendessen und sein ganzes Leben erbärmlich. Einzig auf den Besuch Mariannes freute er sich ein wenig.

Sie erschien in bester Stimmung, monierte die mangelnde Sauberkeit in seiner Wohnung, die unglaubliche Unordnung und die Renovierungsbedürftigkeit. Wie immer. Und wie immer lächelte er nur und verwies auf ihr neues Zuhause, das sie sicher bald finden würden. Das Gespräch verlief routiniert, und es schien ein netter Abend zu werden, als sich Mariannes Gesicht beim Essen plötzlich verfinsterte und sie auf den faden Geschmack der Tomaten hinwies. »Ich finde, wenigstens dabei könntest du dich mal engagieren und vernünftiges Gemüse kaufen. Ein wenig mehr Mühe, und es würde doppelt so gut schmekken. Wenn dir schon nichts an deinem Genuß liegt, dann solltest du doch wenigstens auf meinen Geschmack Rücksicht nehmen. Wirklich!«

»So bin ich nun mal«, erwiderte er schlapp, »ich glaube auch nicht, daß ich das ändern kann. Vielleicht will ich es auch gar nicht. Ich weiß nicht recht.«–»Ach, Andreas, ein bißchen mehr Männlichkeit wünschte ich mir schon von dir, weißt du, wenigstens ein bißchen Durchsetzungsvermögen und Zielgerichtetheit. Oder sagen wir, ich möchte merken, was du willst. Auch was mich betrifft.«

Es wurde doch ein langer Abend mit reichlich

Gesprächen und wenig Zärtlichkeit. Am Ende hatte Andreas das Gefühl, nicht begriffen zu haben, was sie eigentlich gewollt hatte. Ihm schien, sie wolle Abstand zu ihm aufbauen, um ihn herauszufordern. Nach dem Motto: Wenn du mich haben willst, dann kämpfe. Aber Kampf war nicht seine Sache. Er liebte sie doch, wozu kämpfen? Merkte sie das denn nicht? Jetzt jedenfalls war er allein. Im Grunde war es ihm recht, denn er mußte ja morgen wieder früh raus.

Leise klopfte etwas an das Küchenfenster. Er beachtete es nicht weiter. Dann hörte er eine Stimme. Wütend über die Störung sprang er geradezu zum Fenster und riß es auf. Aber sein Zorn wich vollständiger Verblüffung, als er die Libelle vor sich sah, die ihn am Vormittag so bedrückt hatte. Es war ihre Stimme, die er gehört hatte, und während sie ihn unverwandt mit funkelnden Facetten fixierte, brummte sie:

»Du liebes Kind, komm geh mit mir!
Gar schöne Spiele spiel' ich mit dir.«

Jetzt änderte das Tier seinen Gesichtsausdruck, blickte freundlich drein und sagte: »Höre, Andreas, du hast heute viel erlebt und nichts gelernt, wie mir scheint. Deshalb will ich dir nun helfen. Ich gebe dir alles, was du für dein Mannsein brauchst. Du mußt diese Rolle ausfüllen, sonst wirst du nicht ernst genommen. Sage mir nun, was du magst und wovor du Angst hast.«

Andreas zögerte keine Sekunde: »Vor Streit und Unfrieden habe ich Angst. Ich liebe Harmonie. Meine Meinung ist doch nicht so wichtig, und wozu soll ich recht haben? Wichtig ist doch, daß ich gemocht werde.«

Die Libelle schüttelte sanft ihren Insektenkopf: »Gut! Nun mußt du mir sagen, womit sich deiner Meinung nach ein Mann beweisen kann, daß er ein Mann ist. Ich könnte dich z.B. in eine andere

Zeit versetzen, damit du als Krieger deine Stärke beweisen kannst. Oder ich gebe dir Geld, damit du mehr daraus machen kannst.« Jetzt blickte die Libelle wieder etwas starrer:

»Sei ruhig, bleibe ruhig, mein Kind!
In dürren Blättern säuselt der Wind.«

Andreas wandte den Blick ins Zimmer zurück, und ihm war, als säße dort noch immer Marianne. »Na ja, ich denke«, begann er, »wenn man erfolgreich ist, seine Leistungsfähigkeit unter Beweis stellt und Entscheidungen trifft, die von großer Weitsicht zeugen. Dann ist man ein Mann. Natürlich darf man nicht vergessen, sensibel zu bleiben und...«

Die Libelle unterbrach ihn:

»Willst, feiner Knabe, du mit mir geh'n?
Meine Töchter sollen dich warten schön.«

Am nächsten Morgen wußte er nichts mehr von diesem Abend. Er sauste mit dem Auto zur Arbeit, eilte alle paar Minuten zum Fenster, um auf sein

Auto hinabzusehen, das blitzend und wohlgeformt am Straßenrande stand. Zwischenzeitlich traf er wichtige Entscheidungen, verdiente viel Geld, mußte sich gegen Konkurrenten durchsetzen und lernen, sich zu behaupten. Er bekam viel Anerkennung, war im Städtchen bekannt, und man riet ihm, sich um das Bürgermeisteramt zu bewerben. Abends sprang er in den Wagen, ließ den Motor röhren und rauschte nach Hause. Niemand winkte ihm, denn keiner konnte ihn in seinem Wagen sehen. Aber jeder kannte den Wagen. Wer ihn sah, war von ihm so beeindruckt, daß er den Fahrer vollständig übersah. Manchmal, abends, wenn es ihm daheim langweilig wurde und alle Arbeit getan war und er nur noch die Kurse der New Yorker Börse abwarten mußte, preschte Andreas ein wenig in der Gegend herum, legte ein paar rasante Ampelstarts vor.

»Meine Töchter führen den nächtlichen Reihn
und wiegen und tanzen und singen dich ein.«

So summte die Libelle, als er sie einige Wochen später traf. Wieder saß sie im Park, den er schon lange nicht mehr aufgesucht hatte. Tatsächlich lag es heute nur daran, daß das Auto in der Inspektion war. Die Libelle schien auf ihn gewartet zu haben, denn sie empfing ihn mit einem »Na! Endlich kommst du!« Als er dem Tier jetzt so still gegenübersaß, seit langem wieder einmal unbewegt und ruhig, da schien es ihm, als sei er tatsächlich noch immer unzufrieden. Ihm fiel ein, was er vor Wochen schon einmal gedacht hatte: »Ich habe keinen Grund, befriedigt zu sein. Ich brauche ein Ziel, und ich brauche ein richtiges Zuhause. Ich möchte eine Familie haben.«

Die Libelle schmunzelte ein wenig, denn sie erinnerte sich an ihr erstes Treffen in diesem Park.

»Geh, oder halt: fahre in dein Haus, so wirst du alles das vorfinden, wie du es dir wünschst.« Und so fuhr er denn nach Hause in dem Bewußtsein, dort eine Frau und zwei Kinder vorzufinden, deren Namen er sich mit Lukas und Nora ausmalte. Wenig später traf er ein, und er rief ins Haus hinein: »Lukas! Nora!« und heraus kamen Zwillinge gelaufen, die im Chor »Papi« riefen. Dahinter stand lächelnd seine Frau, Marianne mit Namen. Freudestrahlend betrat er sein Haus und nahm sein neues Leben auf. Sie hatten einen Babysitter, damit sie ohne die Kinder etwas unternehmen konnten, und sie hatten jeder eigene Freunde.

Im Büro fiel ihm jetzt häufig seine Frau ein, und im Grunde dachte er gern an sie. Wenn sie Streit gehabt hatten, wünschte er sich, sie möglichst bald wiederzusehen, um seine schlechte Stimmung und seine Zweifel, ob er nicht doch zu hart gewesen sein mochte, auszuräumen. Wenn er sich Arbeit mit nach Hause genommen hatte, kam sie häufig an seinen Schreibtisch, umarmte ihn und bat ihn um Hilfe bei einem kleinen, alltäglichen Problem. Oder sie flüsterte ihm Zärtlichkeiten ins Ohr. Merkwürdig, ihm kam das so vor, als hole sie sich von ihm Zärtlichkeit, als sauge sie ihn aus. Er konnte einfach keine Geborgenheit empfinden, spürte nicht, daß sie ihm etwas gab.

»Ich liebe dich, mich reizt deine schöne Gestalt.
Und bist du nicht willig, so brauch' ich Gewalt«,
brummte es in ihm.

In der letzten Zeit wandte er sich, wenn sie auf ihn zukam, meist schroff seiner Arbeit zu, ohne sich lange mit ihr aufzuhalten. Wenn er im Büro dann über all das nachdachte, schreckte ihn das Telefon häufig aus seinen Gedanken, noch bevor er sie zu Ende gebracht hatte.

Wie könnte das Ergebnis seiner Nachdenklichkeit auch aussehen? Er verlor sich eben in Wünschen, und letztlich bekam er doch nie, was er ursprünglich gewollt hatte. Er hatte doch alles, was andere auch hatten und was sie zufrieden machte. »Du bekommst es nicht, weil du vor lauter

Scheu, dich zu engagieren, gar nicht weißt, was du willst«, sagte sie immer wieder. Vielleicht hatte sie recht?

Eines Morgens in aller Frühe brach ein Mann von seinem Haus, das am Rande der Stadt gelegen war, auf, um ausnahmsweise zu Fuß zur Arbeit zu gehen. Der Mann mußte ein gutes Stück Weg laufen. Längs des Weges traf er auf eine Reihe von Menschen, die er kannte und die ihm freundlich zuwinkten. Er winkte seinerseits zurück, blieb jedoch nicht stehen. Kurz bevor er sein Büro erreichte, bog er ab, um in einen Park zu gehen. Er wußte nicht, was ihn dazu bewog, ja, er wunderte sich, warum er heute, einem Impuls folgend, nicht mit dem Auto gefahren war. Im Park traf er auf eine Libelle, und er erinnerte sich sofort an sie:

»Mein Vater, mein Vater, jetzt faßt er mich an!
Erlkönig hat mir ein Leids getan«, schrie er.

»Na, noch immer unzufrieden?« fragte das Tier ruhig. »Du hast den falschen Weg beschritten und glaubst mittlerweile, es gäbe keinen anderen, nicht wahr? Aber du hast ja deinen Weg noch gar nicht ausprobiert! Dort findest du ihn.« Sie wies auf einen Zettel, der, postkartengroß und scheinbar unbeschrieben, auf dem Weg lag. Er bückte sich, wendete das Papier und las verzweifelt die verschnörkelt geschriebenen Worte: HIER ANFANGEN!

»Wo denn?« brüllte er. Ein unglaublicher Schmerz durchzuckte seine Brust, seine Beine gaben nach, es wurde dunkel um ihn. Die Libelle lächelte spöttisch und beobachtete, wie andere Menschen herbeieilten, um ihm zu helfen, ihn aufzuheben und in eine Klinik zu bringen, um sein Leben zu retten. Leise rezitierte sie:

»Dem Vater grauset's, er reitet geschwind,
er hält in den Armen das ächzende Kind,
erreicht den Hof mit Mühe und Not;
in seinen Armen das Kind war tot.«

Ausgedacht von Kai Riedemann
Abgeschrieben von Gaby Nieuwenhuizen
Illustriert von Uta Clemens

„Weißt du was", sagt Carmen, „du bist ganz schön doof!"

„Selber doof!" kontert Ulli, beugt sich quer über den Tisch, und schon hat er einen von Carmens langen, schwarzen Zöpfen zu fassen, zieht kräftig, bis sie schreit.

„Laß los! Sonst ruf ich Mama!" droht sie, aber Ulli lacht nur.

„Ich ruf Mama, und dann erzähl ich ihr alles von dem Kobold!" schreit sie.

„Alte Petze!" seufzt Ulli, läßt den Zopf los und rutscht wieder zurück in seinen gelben Plastikstuhl. Er nimmt noch einen Schluck Kakao.

„Wart mal ab", sagt er dann, „eines Tages holt dich der Kobold; Kobolde holen gern kleine, böse Schwestern." Und er streckt Carmen die Zunge raus, springt von seinem Stuhl auf den glatten Kunststoff-Fußboden, lacht, schnappt sich seine Jacke aus der Ecke, um schließlich laut pfeifend quer durch die Wohnkuppel zu ziehen. Zur Schleuse.

„Es gibt ja gar keine Kobolde!" ruft Carmen ihm noch hinterher.

„Bääh!" macht Ulli, lacht wieder und verschwindet in der Schleuse. Erst einmal Innentür schließen. Dann Luftaustausch. Schließlich Außentür öffnen. So ein Quatsch, denkt Ulli, dabei ist die Luft draußen besser als drinnen. Aber was hat Mama immer gesagt? Das ist Vorschrift, hat sie gesagt, und daß es überall auf den Siedlungsplaneten so wäre. Und das müßte auch so sein, damit man im Notfall unabhängig sein könne. Oder so ähnlich. Dann hat sie noch versprochen, daß alles anders wird, wenn erst mal die richtigen Häuser fertig sind.

Aber das ist Ulli egal. Er tritt aus der Schleuse, holt einmal ganz tief Luft, schon allein aus Trotz, und blinzelt nach oben in die dunkelrote Sonne. Besonders hoch steht sie noch nicht am Himmel. Carmen würde wohl wieder ins Bett kriechen, bis Mama zum Mittag nach Hause kommt. Soll sie, denkt Ulli, ich bin alt genug für diese Welt hier draußen.

Links die anderen Wohneinheiten. Häßliche Halbkugeln, die man gelb angemalt hat, vielleicht um alles ein wenig freundlicher zu machen. Zwischen den Kuppeln viele Container, Kisten, leere Plastikbehälter.

„Ulrich", hat der Vater erst gestern gesagt, und er sagt immer Ulrich zu ihm, „spiel mit den anderen Kindern bei den Containern." Der Wald sei doch viel zu gefährlich für einen kleinen Jungen. Und dann hat er ihn strafend angeguckt, und Carmen hat natürlich gegrinst. Blöde Ziege.

Dort, wo jetzt die Sonne steht, kann man in der Ferne schon die ersten Häuser sehen. Hohe,

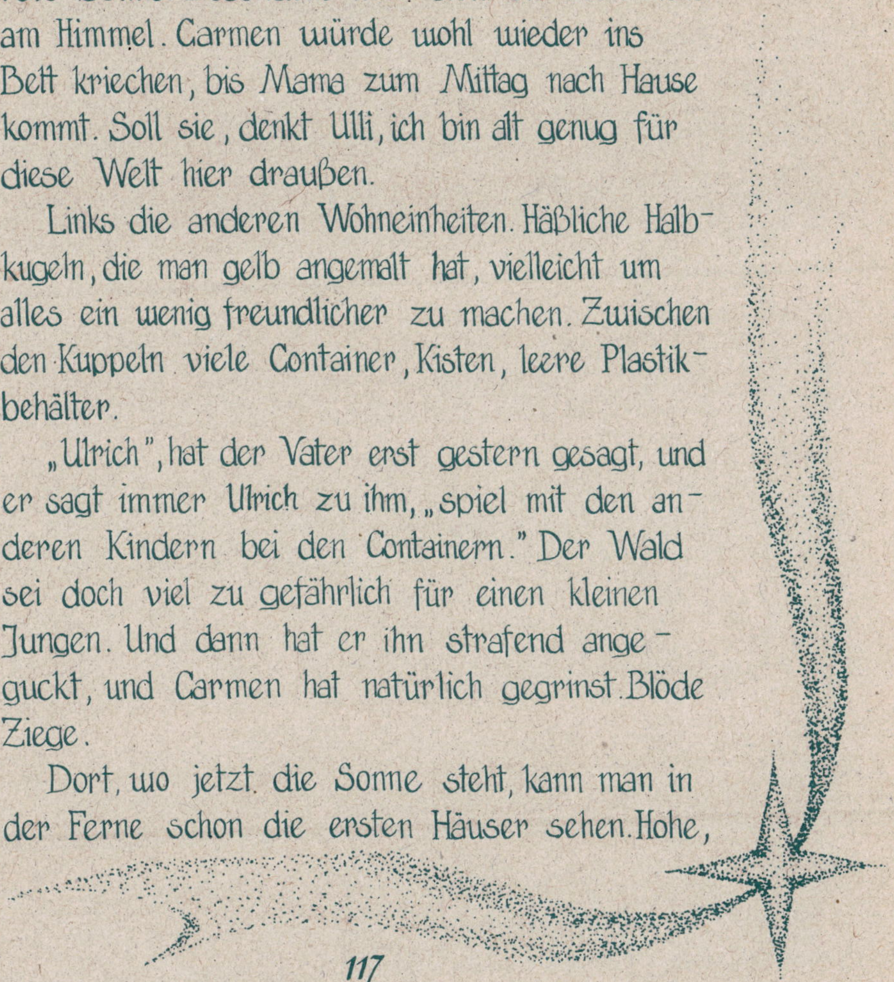

graue Häuser, die man auch noch gelb anstreichen will. Bei einigen stehen erst die Gerüste. Metallgerüste, die in den Himmel ragen und die aussehen wie aus Ullis Baukasten. Überhaupt scheint alles nur so groß zu sein wie Spielzeug. So weit weg, aber doch gut zu sehen, weil man als erstes die Bäume abgehauen hat. Eine richtige breite Schneise von den gelben Halbkugeln zu den neuen Häusern.

Nur rechts, gleich hinter dem Abfallofen, gibt es noch den alten Wald, und so hüpft Ulli dort hinüber, immer abwechselnd ein Stück auf dem linken, dann auf dem rechten Bein, bis die freie Sandfläche endet und der Wald beginnt. Hohe Bäume mit glatten Stämmen und bläulichen Blättern. Und am Boden Schlingpflanzen, die überall aus der Erde kommen, sich durch den Wald schlängeln, die Stämme der Bäume hinauf, und alles bedecken mit ihren gummiartigen Blättern.

Wege gibt es nicht in diesem Wald, und es heißt, anfangs hätten sich sogar einige Siedler hier verlaufen, und man hätte sie nie wiedergesehen. Aber das ist Quatsch, sagt sich Ulli, sicher nur wieder so eine Geschichte, um die Kinder zu erschrecken. Außerdem hat er sich noch nie verlaufen, denn er kennt den Weg zur Höhle und zurück.

Zwischen den Ranken am Boden hüpfen kleine, gelbliche Käfer umher. Springkäfer sagen Mama und Papa dazu, belustigt sich Ulli, dabei heißen sie doch in Wirklichkeit Kroccas. Krocca klingt auch viel besser als Springkäfer.

Im Wald ist es um diese Zeit fast still, nur einige wenige Vögel singen schon in den Ästen. Ulli versucht, ihr Lied mitzupfeifen, aber schließlich gibt er es mal wieder auf, springt über einen Bach hinweg direkt vor den Eingang der Höhle. Unter die gewaltige Wurzel des ältesten Blaubaumes.

Dort bleibt er erst einmal einen Augenblick stehen und horcht tiefer in den Wald hinein. Erst wenn Kroccas und Zantis gemeinsam ihr schrilles Konzert beginnen, kann er hinab in die Höhle. Das ist ein Gesetz, hat man ihm gesagt, und an solche Gesetze hält er sich lieber als an unsinnige Verbote zwischen den Wohnkuppeln. Schließlich ertönt das Zirpen der Käfer. Ulli schüttelt noch einmal den Kopf, daß die schwarzen Locken wild um seinen Kopf fliegen, holt tief Luft, dann geht es hinab in das Dunkel der Höhle.

Erst abwärts, eine Hand an der feuchten, kalten Wand, dann wird es plötzlich heller, der Gang führt fast waagerecht weiter, und die Wände sind auch nicht mehr aus Erde, sondern aus Stein. Fast so glatt wie die großen Kuppeln auf der Lichtung. Immer weiter durch das bläuliche Licht, bis der Tunnel schließlich in einem kreisrunden Raum endet. Grauer, aber warmer Boden, fremde

Schriftzeichen an den Wänden, eine sternenübersäte Decke. Die Höhle.

„Tlolko?" fragt Ulli leise. „Tlolko, bist du da?"

Keine Antwort. Es ist still hier; nicht mal das Zirpen der Kroccas oder das Singen der Vögel kann man so tief unter der Erde hören.

Natürlich ist er da, denkt Ulli, er spielt nur mal wieder Versteck mit mir. Und im gleichen Augenblick steht er neben ihm: Tlolko, der Kobold. Mit seinen kleinen, gelben Augen, dem flammendroten Fell, das so nach Vanille riecht, und den dünnen, pieksenden Fingern.

„Hallo!" hört Ulli den Kobold rufen. Und noch einmal „Hallo", obwohl Tlolko nicht mal den Mund bewegt. Er bewegt nie den Mund, wenn er mit ihm sprechen will.

Ulli spürt die dünnen Finger in seinen Locken, dieses komische Pieksen. Wie bei den Elektrostöcken, mit denen Papa immer die Herde zusammentreibt, denkt Ulli. Aber er hat keine Angst. Nicht vor Tlolko, denn der ist sein Freund.

Sie setzen sich auf den warmen Boden, einander gegenüber, so daß Ulli direkt in die Augen des Kobolds sehen kann, dann strecken beide die Arme aus, bis sich die Fingerspitzen berühren.

„Spielen?" fragt Tlolko. „Wollen wir wieder so spielen wie das letzte Mal?"

Ulli nickt.

„Ja", sagt er dann, „zwischen den drei Hügeln." Und er schließt die Augen, spürt plötzlich das Pieksen überall am Körper.

„Wir tauschen wieder", hört Ulli den Kobold sagen, „du bist ich, und ich bin du."

Und Ulli lacht. Er öffnet wieder die Augen, steht jetzt unter einem hellblauen Blätterdach, fährt sich durch den dichten, roten Pelz. Dann blickt er sich um und sieht sich hinter sich stehen.

„So", lacht er, „das ist also Ulli." Er packt ihn

an den Locken wie vorhin Carmen an den Zöpfen, zieht kräftig, und Tlolko schreit.

„Laß das", schimpft er, „ein Yacci tut so was nicht."

Richtig, denkt Ulli, ein Yacci ärgert keine kleinen, bösen Schwestern. Ein Yacci ist etwas Besonderes.

Und weil er jetzt selbst ein Yacci ist, hüpft er unter den Bäumen hervor, direkt in das Tal zwischen den drei Hügeln. Über ihm hängt die dunkelrote Sonne schon sehr tief, aber es ist noch viel Zeit bis zum Abend.

„Wann sind wir jetzt?" fragt Ulli leise.

„Ich weiß nicht", antwortet der Kobold, und als Ulli bewegt er dabei sogar den Mund, „irgendwann in einer anderen Zeit – spielt ja auch keine Rolle."

Es klingt fast etwas traurig, und Ulli fühlt sich plötzlich sehr unwohl in seinem roten

Fell. Schließlich hat Tlolko ihn gebeten, nicht über solche Dinge zu sprechen, nicht nach der Vergangenheit zu fragen, nach seinem Volk, nach seiner Aufgabe oder nach der Zeit überhaupt.

Also versucht Ulli zu lachen, hüpft auf seinen kurzen Beinen einen der drei Hügel hoch, um sich dann wie eine pelzige Kugel hinab ins Tal rollen zu lassen. Unten wartet Tlolko, einen gelben Ball unter dem Arm. Auch er lacht jetzt wieder, fährt sich durch die Locken, was Carmen sonst immer so nervös macht, wirft schließlich Ulli den Ball zu. Spielen. Einfach so. Alles rundherum vergessen.

Die Sonne und der bleigraue Himmel über ihnen, das Gras und die feuchte Erde mit den nackten Zehen spüren, Kroccas fangen, von der ausgestreckten Hand zurück in die Freiheit springen lassen, das Singen der Vögel in den Ohren und den Geruch von würzigen Blau-

blättern in der Nase.

Und während sie im Tal zwischen den drei Hügeln Kroccas und Zantis jagen, sind Ullis Gedanken plötzlich wieder bei dem, was Tlolko ihm vor einigen Tagen erzählt hat. Im Wald. Als sie sich das zweite Mal trafen in der Höhle und Ulli keine Angst mehr hatte vor dem kleinen Kobold. An jenem Tag hat er ihm viel erzählt über sich, seitdem nicht wieder. Kein Wort.

„Weißt du", hat er damals gesagt, „wir waren so ganz anders als ihr. Wir hatten keine großen Städte, keine Technik, auch nicht den Wunsch, über die Natur zu siegen und vielleicht zu den Sternen zu fliegen. Wir versuchten, mit dem zufrieden zu sein, was wir hatten, wollten mit allem in Frieden leben, kannten nicht so etwas wie Neid oder Streit. Wahrscheinlich klingt das alles albern für dich, wo ihr doch große Raumschiffe baut und fremde Planeten besucht, aber wir waren glücklich. Wir konnten untereinander die Körper tauschen, konnten für kurze Zeit ein anderer sein. So fühlte jeder wie alle. Die Alten wie die Jungen, die Jungen wie die Alten; ein paar Stunden im Körper des anderen reichten aus, um einander besser zu verstehen.

Dann aber, viele Jahrhunderte vor eurer Ankunft", hat Tlolko erzählt, „da fiel eine unbekannte Krankheit über die Yaccis. Erst waren es nur wenige, die litten, und weil man kein Mittel dagegen kannte, übernahmen alle abwechselnd die kranken Körper, versuchten, den Betroffenen so zu helfen. Aber es wurden immer mehr, und schließlich weigerten sich die ersten, ihre Zeit in einem Kranken zu verbringen. Plötzlich gab es auch bei uns Streit, Haß, Neid, und was uns früher heilig war, der Körpertausch, wurde nun zum Anlaß für böse Kämpfe. Vielleicht hätten wir sogar irgendwann die Krankheit besiegt, aber gegen uns selber konnten wir nicht gewinnen. Wir haben vieles falsch gemacht, und jetzt bin ich der letzte Yacci."

„Du bist der letzte?" hat Ulli damals gefragt, den Kopf geschüttelt und sich nicht einmal über Tlolkos plötzlich so andere Art zu sprechen gewundert.

„Ja", hat der Kobold geantwortet, „der letzte, und weil es meine Aufgabe ist, unser Wissen, unsere Gedanken, unsere Ideen nicht sterben zu lassen, werde ich irgendwann einen neuen Körper brauchen. Tauschen, bevor Tlolko stirbt, und als einer von euch weiterleben."

„Als einer von uns?" hat Ulli ungläubig gefragt, aber Tlolko hat geweint, und seitdem haben sie nie wieder über dieses Thema gesprochen. Auch nicht über Tlolkos Eltern.

„Spielen", hat der Kobold immer wieder gesagt,

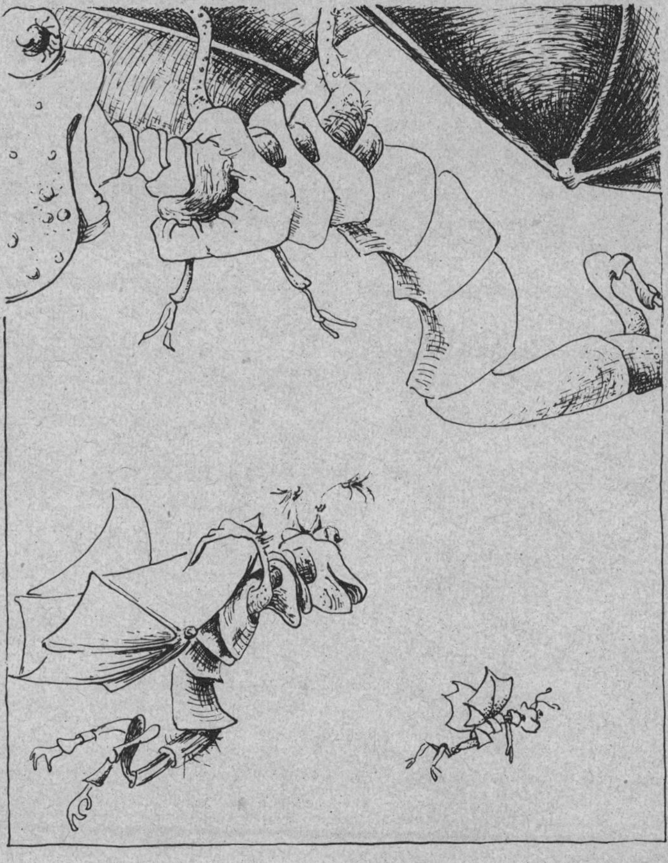

wenn sie sich in der Höhle trafen, „laß uns spielen, solange es das Tal zwischen den drei Hügeln noch in meiner Phantasie gibt."

Und so jagen sie Kroccas im tiefen Gras, Ulli als Tlolko und Tlolko als Ulli, sie springen die Hügel hinauf, lachen, lassen sich hinunterrollen, bleiben zwischen den Blumen und Gräsern liegen, die Augen geschlossen, die Hände voller blaugrüner Blätter, die so herrlich nach Äpfeln schmecken.

Ulli will nicht mehr an all das denken, was sein neuer Freund ihm erzählt hat, und Tlolko wirft ihm den Ball zu, genau auf den Bauch, denn Ulli liegt immer noch mit geschlossenen Augen im Gras. Aber er packt zu mit seinen kleinen Armen, hält den Ball hoch in die Luft, daß der die rote Sonne verdeckt, blinzelt in den Himmel.

„Du", sagt er dann, „ich bin froh, daß es dich gibt."

Und Tlolko fängt gerade wieder einen Krocca.

„Er muß da unten sein", sagt Miriam leise. Werner nickt und späht vorsichtig in die Erdhöhle hinein, die direkt unter den Wurzeln des gewaltigen Blaubaumes beginnt.

„Die kann er sich doch nicht selbst gegraben haben!" sagt er dann.

„Vielleicht eine Tierhöhle", meint Miriam, „oder mal wieder so ein Überrest dieser alten, verfallenen Siedlung im Osten."

„Egal, was es auch ist, wir müssen Ulli da rausholen", sagt Werner und läßt sich langsam in das Dunkel hinab, bis er festen Boden unter den Füßen spürt. Offenbar ein Gang, der tiefer in die Erde hineinführt. Auch Miriam läßt sich jetzt hinunter, ergreift die Hand ihres Mannes.

„Ich seh nichts", sagt sie, „aber Ulli muß doch irgendwo hier sein."

Schließlich haben sich ihre Augen an die veränderten Lichtverhältnisse gewöhnt, und sie tasten sich langsam vorwärts, tiefer in den Gang hinein. Die Wände sind uneben und feucht. Schwarze Erde, in die man die Höhle hineingegraben hat. Dann aber wird es heller, ein Licht, das direkt aus den Wänden zu kommen scheint, bläulich schimmernd, und um sie herum jetzt glatter, glänzender Stein.

„Doch eine Ruine", flüstert Miriam dicht an Werners Ohr, „vielleicht früher mal eine Art Bunker oder ein verstecktes Lager."

„Weitergehen?" fragt Werner. Sie nickt. Wenn Ulli in dieser Höhle ist, würden sie ihn auch finden.

Ein Wunder, daß bisher noch nichts passiert ist, denkt Miriam, nur gut, daß wir Carmen die wirren Geschichten geglaubt haben. Von dem Versteck im Wald. Und dem Kobold. Aber wer rechnet auch schon damit, daß ein Kind trotz aller Verbote in einem Wald spielt, in den sich

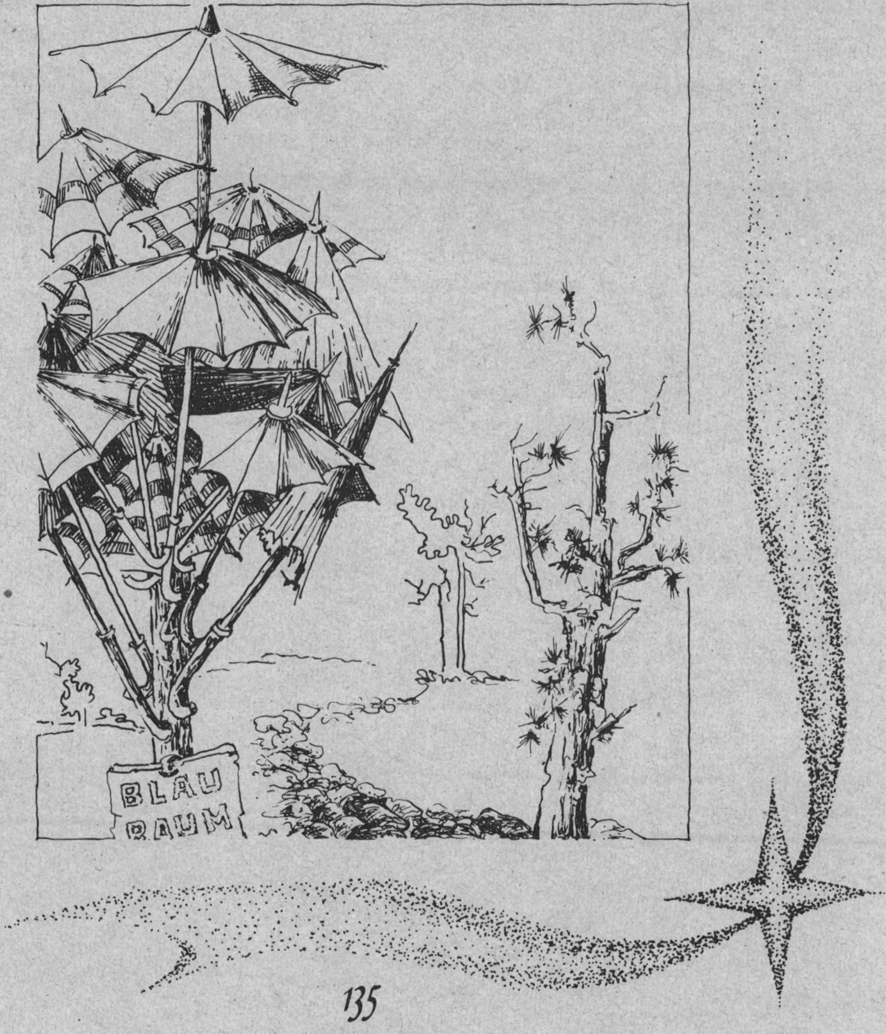
BLAU
BAUM

sogar die erwachsenen Siedler nur ungern wagen? Natürlich Ulli. Ihr Ulli.

Der Gang führt inzwischen fast waagerecht geradeaus. Immer noch Steinwände, die Decke nur eben so hoch, daß sie ohne Schwierigkeiten stehen können. Rote Schriftzeichen um sie herum. Schließlich wird das Licht noch heller, der Gang verbreitert sich, und Miriam bleibt unschlüssig stehen. Irgendwie spürt sie, daß dort vorne nicht nur Ulli ist, sondern auch etwas anderes, etwas Fremdes.

Auch Werner ist stehengeblieben, sie sehen sich kurz in die Augen, dann treten beide hinaus in die Helligkeit eines Kuppelsaals. An den Wänden wieder Schriftzeichen, rot auf blauem Stein, und genau in der Mitte zwei zusammengesunkene Gestalten. Die eine Ulli, den Kopf schief zur Seite gelegt, die Augen geschlossen, die Hände weit von sich gestreckt. Die andere, ein rundes Etwas mit rotem Fell, die Lippen zurückgezogen, so daß winzige, weiße Zähne zum Vorschein kommen. Auch dieses Wesen hat die Hände weit von sich gestreckt, die Fingerspitzen der beiden berühren sich genau im Mittelpunkt der Höhle. Jetzt neigen sie sich noch weiter nach vorne, die Finger verschränken sich, die Körper wiegen in einem langsamen Rhythmus hin und her.

Einen Augenblick stehen Miriam und Werner wie erstarrt da, noch im Gang, der sie bis hier hinabgeführt hat, dann verläßt Miriam die Angst vor dem Fremden.

„Ulli!" schreit sie, so laut, daß ihre Stimme von den Wänden widerhallt.

„Ulli!" Und noch einmal: „Ulli!"

Ein Ruck geht durch die beiden Gestalten. Sie schlagen gleichzeitig die Augen auf, blinzeln, dann springt plötzlich das kleine, pelzige Etwas auf. Es steht da, noch unsicher auf den kurzen

Beinen, läuft schließlich auf Miriam zu, die Augen weit aufgerissen, die Hände mit den bräunlichen Fingern und den Krallen auf Miriam gerichtet. Helle, unverständliche Laute ausstoßend, die in ihren Ohren fast wie Mama klingen, kommt das Etwas auf sie zu, aber Werner ist schneller.

Zwei, drei Schritte dem Wesen entgegen, dann hat er es erreicht, packt es fest am Fell und schleudert den leichten Körper gegen die Steinwand, bis er regungslos am Boden liegenbleibt.

„Ulli!" schreit Miriam wieder, aber der steht reglos da. Vielleicht erstarrt vor Angst, denkt sie, und dann stürzt er auf die verkrümmt daliegende Gestalt zu, beugt sich zu ihr hinab, umfaßt den dicht behaarten Kopf mit beiden Händen, achtet nicht auf das bläuliche Blut, das seine Kleidung färbt.

Noch einmal zuckt der kleine Körper am Bo-

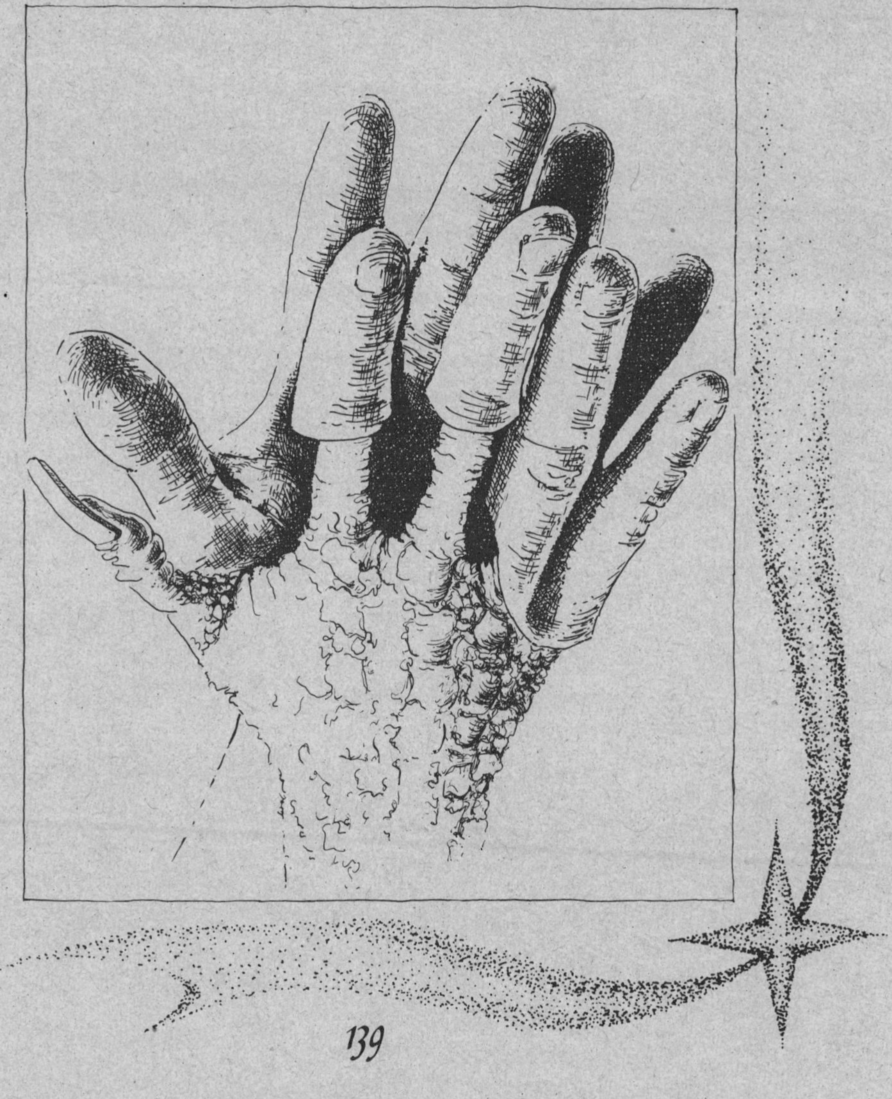

den, dann verraten die sich grau färbenden Augen, daß das Wesen endgültig tot ist.

Die Stimme dringt mitten in das Spiel mit zwei besonders schönen Kroccas. Ulli will gerade seine Hand um eines der beiden Tiere schließen, als sie ihn erreicht. Eine Stimme, die er kennt und die ihm doch fremd vorkommt in diesem Tal zwischen den drei Hügeln.

Mama, denkt Ulli, reißt sich los aus dem gemeinsamen Traum mit Tlolko, öffnet die Augen und ist wieder in der Höhle unter dem Blaubaum. Da sind die Schriftzeichen an den Wänden, die Kuppeldecke aus Stein, und da sind auch Mama und Papa. Ulli springt auf, spürt, wie unsicher er noch auf seinen kleinen Beinen ist, läuft dann lachend auf seine Mutter zu. Irgendwo hört er die Stimme Tlolkos in seinem Kopf, aber er achtet nicht darauf, hat nur ein schlechtes Gewissen, weil sie ihn doch erwischt haben hier unten im verbotenen Wald, hier in dieser Höhle, mit seinem Kobold.

„Mama!" ruft er, dann „Papa!" denn der kommt jetzt auf ihn zugelaufen, und plötzlich spürt er schmerzlich große, starke Hände an seinem Körper. Er schreit auf, will sich festklammern, aber dann fühlt er sich durch die Luft gewirbelt, sieht die Wand auf sich zukommen, schreit wieder. Ein gewaltiger Schlag geht durch seinen Körper, um ihn herum ist nun nur noch Schwarz und Schmerz, und so liegt er da, unfähig, sich zu bewegen oder zu schreien. Nur noch Schwarz und Schmerz.

Dann eine leichte Berührung am Kopf, eine leise Stimme. Er öffnet noch einmal die Augen, verständnislos, ohne nachdenken zu können, sieht, wie er sich selbst zu sich hinabbeugt. Er sieht in seine eigenen Augen, hört Tlolko, versteht die Worte nicht, spürt nur die Angst und die Trauer und die Verzweiflung in ihnen. Er will antworten, irgend etwas, solange er es noch kann, aber da ist der Schmerz plötzlich verschwunden.

Er steht inmitten des Kuppelsaals, hinabgebeugt zu einer kleinen, verkrümmten Gestalt, deren Kopf er fest in beiden Händen hält. Tlolko. Und während er zu begreifen beginnt, geht ein Zucken durch den Körper des Kobolds, und seine Augen verblassen.

Also steht Ulli auf, dreht sich um zu seinen Eltern, die immer noch im langsam verlöschenden Licht der Höhle warten, geht auf sie zu. Miriam schließt ihn in ihre Arme, versucht, seine Tränen zu trocknen.

Aber Ulli will weinen.

„Es ist doch vorbei", sagt seine Mutter, „es ist doch alles vorbei." Sie fährt ihm durch die schwarzen Locken.

„Hast du solche Angst?" fragt sie.

Ulli schüttelt den Kopf. Eben noch war er Tlolko, jetzt ist der Kobold tot. Ein letztes Mal Körpertausch. Eine letzte Rückkehr.

„Mama", fragt Ulli, „warum hat er das gemacht? Er ist doch jetzt tot?"

Aber Miriam versteht ihn nicht und gibt ihm nur einen Kuß auf die Nase.

„Denk nicht drüber nach, Ulli", sagt sie, „denk einfach nicht drüber nach."

Arme Seele

Ausgedacht von Christoph Güsken
Abgeschrieben von Maria Hackmann
Illustriert von Pia Eisenbarth

Es war abends, zu reichlich vorgerückter Stunde, als Brixen den Mann wieder entdeckte. Das vierte Mal jetzt, dachte er und öffnete entschlossen die Tür zur Terrasse.

„Heh!" rief er. Der Unbekannte zuckte zusammen, man konnte es sehen, aber er tat, als hätte er nichts gehört.

„Doch, Sie da! Nun kommen Sie schon rein, und sagen Sie endlich, was Sie hier suchen." Brixen winkte aufmunternd, doch der andere zierte sich noch, stand unschlüssig herum. Schließlich konnte er nicht anders, gab sich entdeckt und kam zögernd herein.

„Das ist jetzt schon der vierte Abend", sagte Brixen vorwurfsvoll, „den Sie vor meinem Arbeitszimmer herumstehen. Wenn Sie etwas zu sagen haben, bitte, klingeln Sie doch an der Haustür oder klopfen wenigstens an."

„Guten Abend erst einmal", der Fremde, eintretend, rieb sich die Arme – es war schon recht kühl draußen um diese Zeit. Er war hochgewachsen, schlank und trug einen hellgrauen Gehrock, ein so altmodisches Stück, daß er wohl überall auffallen mußte. Brixen kam er auf eine seltsame, undefinierbare Weise vertraut vor, wobei er aber nicht hätte sagen können, wieso. Denn der Fremde war ihm wirklich fremd.

Mit offenbar gierigem Interesse ließ Brixens Gast seinen Blick durch das spärlich erleuchtete Arbeitszimmer schweifen, wandelte sogar – obwohl das

nicht gerade höflich war – an den Bücherregalen entlang, den Kopf schieflegend, um die Titel auf den Buchrücken zu lesen.

„Sie mögen Bücher?“ fragte Brixen, während er zwei Sessel zurechtrückte, direkt neben der Stehlampe.

„Interessant, wirklich interessant“, sagte der Fremde mit einer seltsam wispernden Stimme. „Diese Bücher hier... dürsten Sie nach Erkenntnis?“

Brixen verdutzte diese so ohne Einleitung gestellte Frage, und er sah den Fremdling an. Fand dessen Augen auf sich gerichtet, lebendige, stechende Augen, faszinierend und doch irgendwie abstoßend.

„Wie meinen Sie das?“ fragte er.

„Nun, diese zahlreichen Bücher hier,

dieses imposante, ehrfurchtgebietende Studierzimmer – ich sah es von draußen schon…"

„Ach, das ist der Grund." Brixen begann, etwas zu ahnen. „Diese Bücher haben sie angelockt, Herr, eh…"

„Nennen Sie mich Ferluzi." Der andere hatte Platz genommen, erhob sich aber wieder bei der Vorstellung, lüftete den Hut und nahm ihn dann umständlich ab.

„Die Art meines… Eindringens bei Ihnen mag Ihnen fremdartig, ja, befremdlich erscheinen, wofür ich Sie um Entschuldigung ersuche. Um so mehr begrüße ich Ihr Verständnis. Denn ich verspreche Ihnen, mein Besuch wird sich für Sie lohnen."

Brixen stellte zwei Gläser hin. „Sie

machen mich neugierig. Was wollen Sie mir anbieten? Bücher?"

Ferluzis Augen griffen erneut nach den seinen.

„Erkenntnis."

„Erkenntnis?"

„Nicht irgendeine. Nicht die alltägliche, auch nicht die wissenschaftliche."

„Nicht?"

„Nein."

Draußen fuhr ein Auto vorbei und störte die Feierlichkeit, um die Ferluzi offenbar bemüht war.

„Ich spreche von DER Erkenntnis. Der absoluten, unvergleichlichen Erkenntnis des Rätsels unserer Welt."

„Sie meinen, der Erde?" Brixen fragte, weil er nicht unhöflich wirken wollte, indem er den anderen nur stumm anglotzte.

„Mehr noch: des ganzen Daseins. Erkenntnis dessen, was ist und was nicht ist."

Vage machte Ferluzi eine Geste mit dem Arm.

„Was nicht ist..." Brixen pfiff anerkennend durch die Zähne. „Und was soll ich dafür zahlen?" fragte er, neugierig und ein wenig belustigt.

„Ich verhelfe Ihnen zu dieser Erkenntnis, die für einen rastlosen Geist wie den Ihren – da seien Sie versichert – gleichzeitig das vollkommene Glück bedeutet. Und Sie schließen mit mir einen Vertrag."

Brixen goß nach. „Einen Vertrag? Welcher Art, wenn ich fragen darf? Am Ende soll ich Ihnen noch meine Seele verkaufen, was?"

Der andere lachte nicht über diesen Scherz. „Nicht am Ende", stellte er sachlich fest. „Das müßten wir jetzt erledigen, gleich hier. Und dann beginnt Ihr Aufstieg."

Jetzt hätte Brixen beinahe gelacht, aber dann begriff er, daß der Ernst, mit dem Ferluzi geantwortet hatte, nicht gespielt war. Dieser Mann, das ist doch nicht ..., dachte er, aber das ist doch nicht möglich ...

Ferluzi nestelte indessen schon an der Innentasche seines antiquierten Rockes und suchte nach Schreibzeug.

„Sie werden diesen Vertrag nicht bereuen, glauben Sie mir. Ein rastloser Geist wie Sie, rastlos genug, um nie zu ermüden, da bin ich sicher. Außerdem fürchten Sie nicht irgendwelche Höllenfeuer, hab' ich recht?"

Brixen, immer noch staunend, wußte nicht, ob er ernst bleiben oder die Sache durch Albernheit entspannen sollte. Allein der andere wurde jetzt geradehin feierlich, begann in einer fremden Sprache – war es griechisch, aramäisch oder lateinisch? – zu murmeln, so daß Brixen sich entschloß einzugreifen.

„Einen Moment, bitte!" Er hob abwehrend, beschwichtigend seine Hand. „Bitte, Herr Ferluzi."

Das Murmeln erstarb widerwillig, Ferluzis stechende Augen wurden fragend, sein Mund fast pikiert.

„Aber ich habe", sagte Brixen, „nichts davon gesagt, daß ich diese Erkenntnis will."

„Nicht? – Aber... diese Bücher, dieses Studierzimmer..."

„Es ist mein Arbeitszimmer, kein

Studierzimmer", Brixen bemühte sich plötzlich um Sachlichkeit. „Und diese Bücher hier, denen Sie – zu Unrecht – Respekt zollen: Bilanzen, Adreßbücher, Jahresberichte. Zum Sterben langweilig. Hat zwar mit Erkenntnis zu tun, aber wer immer einen Drang zu ihr verspürt, sollte sich von dem da fernhalten."

Ferluzis Mund stand jetzt offen, eine einzige, sprachlose Enttaüschung.

„Hauptsächlich", setzte Brixen nach, „arbeite ich nicht mit Büchern, wissen Sie. Sondern mit dem da. Meinem PC..."

Dieses kleine Fernsehgerät war Ferluzi bereits aufgefallen, weshalb er jetzt auch nur einen kurzen Blick darauf warf.

„Pe Ce", sagte er dann, mit gespitztem Mund, als handele es sich um eine Art Salzgebäck.

„Ja, und der größte Drang, den ich verspüre, ist der danach, mit meinem Kram hier endlich mal fertigzuwerden. Und dann, wenigstens für ein paar gemütliche Stunden, die Füße hochlegen. Fernsehen, mit dem Bier in der Hand."

„Fernsehen."

„Ja. Sportschau."

Brixen hatte es zu arg getrieben, aber es fiel ihm zu spät auf. Ferluzi, der unheimliche Fremde mit dem stechenden Blick, schien sich vor seinen Augen aufzulösen. Er sank förmlich in sich zusammen, und fast schien es Brixen, als füllten sich die Augen des Mannes mit Tränen.

„Sie wollen also nicht", brachte er mühsam hervor, „dürsten nicht nach..."

„Ich fürchte, leider, Ihnen nicht helfen

72

zu können", sagte Brixen schulterzuckend. „Selbst, wenn ich wollte."

Ferluzi war plötzlich zum alten Mann geworden. Wehmütig aufseufzend verschränkte er die Arme auf dem Tisch und legte seinen Kopf darauf.

„Dann weiß ich nicht, was ich noch tun soll."

Das klang endgültig, bar jeder Hoffnung. Ein Bild des Jammers, dachte Brixen. Dieser Alte rührte ihn.

„Ich bin nicht der einzige", riet er, „der Ihnen seine Seele nicht verkauft."

„Nicht der einzige!" Die Stimme Ferluzis war schrill vor Entrüstung. „Was meinen Sie, was ich alles versucht habe. Was ich durchgemacht habe, bis ich darauf verfallen bin, die Straßen abzulaufen und abends in die beleuchteten

Zimmer zu schauen. Auf der Suche nach Studierzimmern, in denen vielleicht ein nach Erkenntnis Schmachtender über seinen Büchern sitzt. Aber was tun sie alle? Fernsehen, von weitem schon schimmert es bläulich, und ich weiß, daß es keinen Sinn hat. Es ist ein Jammer..."

Brixen tat der Mann leid. „Ich glaube, ich weiß, wie Ihnen zumute sein muß..."

„Gar nichts wissen Sie! Es ist platt und lächerlich, es ist demütigend, selbst für mich. Früher gab es Zeiten, da hatte ich diese schmählichen Bittgänge nicht nötig. Wenn es zwölf schlug, nein, lange vorher schon, wurden in unzähligen Studierzimmern Kerzen entzündet, magische Rituale vollzogen, alle in der Hoffnung, daß ich meine Aufwartung machte. Aber man konnte ja nicht überall zugleich sein. Jedenfalls ich kann es nicht... Da hieß es: Einer nach dem anderen, immer der Reihe nach..."

Die Erinnerung an die Vergangenheit hatte Ferluzi ein wenig belebt. Er hatte seinen Kopf wieder hochgenommen, so daß ihn Brixen besser verstehen konnte.

„Und heute laufe ich, einem Hausierer gleich, von Haustür zu Haustür, gebe nicht auf. Denn der Forscherdrang ist doch dem Wesen des Menschen innewohnend, es ist nur eine Frage der Zeit, bis ich auf ihn, den überragenden, furchtlosen, stets verneinenden Geist treffe".

„Ich dachte, das seien Sie?"

Ferluzi schnippte ärgerlich mit dem Finger.

„Eine Redensart, von mir bevorzugt.

Nichts als eine Redensart. Denn Verneiner sind stets die, die ich um gnädige Überlassung ihrer Seele bitte."

„Nun, aber die Seele..."

„Ich will sie ja nicht umsonst, nein. Das kann man wahrhaftig nicht sagen. Ich biete unvorstellbar viel. Der Sterbliche vermag nicht zu ahnen..."

„Eben", unterbrach Brixen. „Der Sterbliche ahnt nicht. Und er glaubt auch nicht an eine Seele. Das ist Ihr Problem."

Ferluzi glotzte ihn an, es war offensichtlich, daß er nicht verstand.

„Er glaubt nicht?"

„Mein lieber Mann", Brixens Stimme wurde versöhnlicher. Unwillkürlich rückte er seinen Sessel näher heran. „Es ist gewiß nicht leicht für Sie, aber ich muß Ihnen sagen, daß die Zeiten sich geändert haben. Der Mensch, vom Drang nach Erkenntnis unstillbar beseelt, existiert nicht mehr. Höchstens in Büchern, aber die liest keiner mehr. Der Mensch von heute ist ... Verbraucher. Er ist nicht mehr, weil er denkt, verstehen Sie. Er ist, weil er ißt."

„Weil er ißt?"

„Der Mensch hat sein Dasein erforscht. Nun will er es genießen. Verbrauchen. Ist denn das so schwer zu verstehen? Die Welt ist ihm kein großes Rätsel, sondern ein großer Kuchen. Wenn Sie ihm etwas abkaufen wollen, bieten Sie ihm ein Stück von dem Kuchen."

„Kuchen?" fragte Ferluzi entgeistert, aber um Verständnis bemüht. „Ich habe keinen Kuchen."

Brixen suchte nach Worten. „Sie müssen eine Verkaufsstrategie entwickeln. Ein Marktkonzept. Werfen Sie die Flinte nicht gleich ins Korn, so hoffnungslos kann Ihre Lage nicht sein. Aber Sie müssen sich über Ihren Markt informieren, Ihre Zielgruppe erforschen. Daran kommt heute niemand mehr vorbei."

„Zielgruppe?"

„Welche Produkte haben Sie anzubieten, und welche Nachfrage gibt es dafür? Nachfrage, das ist die große Frage, die Sie beantworten müssen. Nachfrage, keine Sinnfrage: Da muß Ihre Erkenntnis Platz greifen."

Ferluzi saß da mit einem Schmollmund; es war ihm anzusehen, daß er sich schwer tat mit solcher Art Denken.

„Das Wesen der Welt habe ich zu bieten", sagte er trotzig. „Nichts Geringeres als das."

„Nichts Geringeres? Sie brauchen mehr, das ist ganz normal. Und Sie haben ja auch mehr: Wie ist es mit Ruhm, Erfolg, Ansehen?"

Der Mann winkte ab. „Blendwerke", sagte er verächtlich, „um die eitlen Sterblichen zu ködern."

„Gut! Sehr gut! Das ist Werbung mit dem Produkt! Ausgezeichnet. Endlich haben wir den Faden gefunden!" Brixen war froh, endlich auf eine Goldader gestoßen zu sein. „Das könnte gehen. Zwar müssen Sie sich auf harte Konkurrenz gefaßt machen, denn Sie sind nicht der einzige Anbieter. Aber Sie sind billig. Sie wollen nur die Seele, kein Geld. Das zieht. Damit könnte Ihre Ware zum Schlager werden."

Die Stimmung Ferluzis besserte sich merklich, und auch Brixen war guter Dinge, daß er dem Unglücklichen einen kleinen Tip geben konnte. Vergnügt schenkte er noch einen Cognac ein.

„Wenn Sie wollen, empfehle ich Ihnen eine Betriebsberaterin, die mir zufällig persönlich bekannt ist."

„Gerne, wenn es Ihnen nichts ausmacht."

„So was brauchen Sie. Und dann sind Sie bald raus aus dem Tief, Sie werden sehen."

Das ungewöhnliche Treffen im Arbeitszimmer, welches einen so schwerfälligen Anfang genommen hatte, kam schließlich doch noch recht gut in Stimmung.

Der späte Gast, vom Cognac in eine leutselige Fröhlichkeit versetzt, konnte sich nicht verkneifen, Brixen ein vorsichtiges Angebot zu unterbreiten. Ob nicht doch ein insgeheimes Feuer in ihm brenne, sich verzehrend nach der Antwort auf das Rätsel der Rätsel.

„Ja, manchmal frage ich mich – und vielleicht können Sie mir, mein lieber Luzifer, Verzeihung: Ferluzi, da behilflich sein – manchmal frage ich mich, ob es IHN gibt."

„IHN?"

Brixen deutete verstohlen nach oben. Ferluzi aber machte ein beleidigtes Gesicht wie jemand, der nach den Preisen der Konkurrenz gefragt wird. „Gut, schließen wir einen Vertrag, und Sie bekommen die Antwort."

Brixen aber winkte ab. „Nein, danke. Lieber nicht. Trotzdem sehr freundlich, Ihr Angebot."

Es war wirklich spät jetzt, und Ferluzi machte Anstalten aufzubrechen.

„Es war recht schön bei Ihnen."

Ein letzter eindringlicher Blick streifte das Bücherregal. „Bilanzen", murmelte er, jetzt schon fast belustigt.

Sie verabschiedeten sich. „Wenn Sie mir Ihre Adresse noch dalassen, für die Betriebsberatung", sagte Brixen. Auch er schrieb seinen Namen auf einen Zettel, den ihm Ferluzi reichte. Damit sie in Verbindung blieben. Zehn Minuten später war Ferluzi verschwunden. Brixen stand allein in seinem Arbeitszimmer, die Nacht durch die Terrassentür betrachtend.

ATI

„Nicht zu fassen", murmelte er kopfschüttelnd und grinste. Dann schenkte er sich noch einen Cognac ein.

Erst zwei Wochen später – der große Möbelwagen blockierte die Aussicht auf seine Terrasse – fischte er zwischen den Papieren auf seinem Schreibtisch Ferluzis Adresse heraus, besser gesagt das, was er dafür gehalten hatte. Genau konnte er sich nicht mehr erinnern, schließlich hatte er an jenem Abend eine stolze Reihe von Cognacs getrunken. Was er aber jetzt in Händen hielt, war der Durchschlag eines Kaufvertrags, datiert auf den bewußten Abend, betreffend den Erwerb eines Fernsehgerätes mit großflächigem Bildschirm sowie einer Super-Videoanlage, integriert in eine moderne

Schrankwand. „Diese arme Seele von einem Ferluzi“, murmelte Brixen wütend und warf noch einen Blick auf das Schriftstück, während er anerkennend durch die Zähne pfiff.

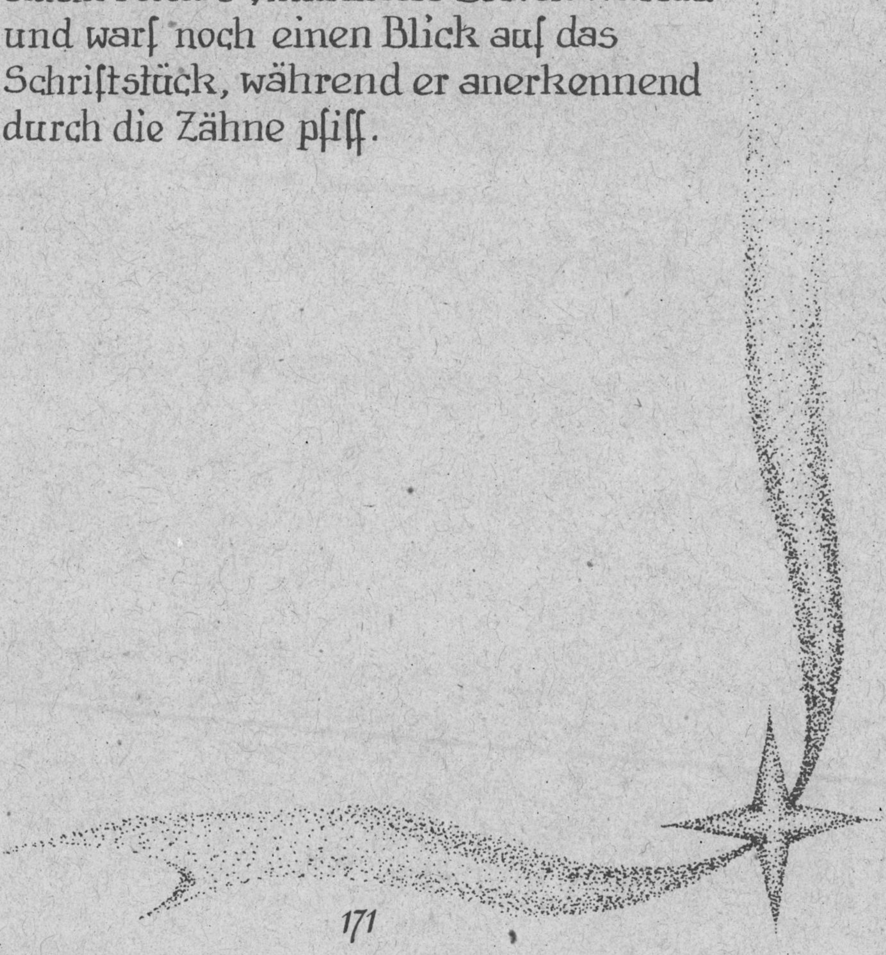

Alle,
die an diesem
Buch
mitgemacht
haben

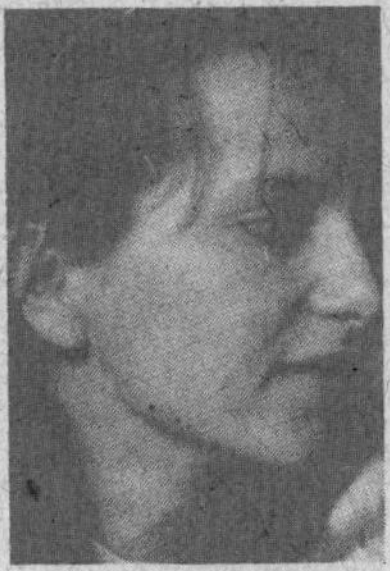

Annette Swoboda

geboren 1962, zwei Jahre Kunststudium
in Frankreich, danach Grafik-Design-
Studium in Mannheim.
Seit 1988 als Illustratorin in
Heidelberg tätig.

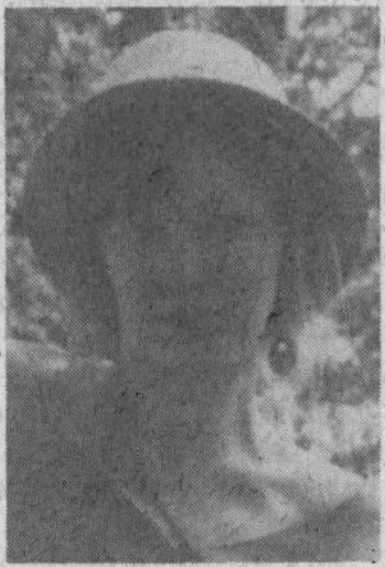

Barbara Eckholdt

1953 in Hamburg geboren,
noch immer hier wohnhaft

Christoph Güsken

Jahrgang 1958, lebt in Köln.
„Minimom", satirischer Roman,
div. Kurzgeschichten,
Texte für Rundfunk und
Kabarett

Gaby Nieuwenhuizen

23 Jahre, Verwaltungsangestellte. Ich bin eine große Leseratte mit Vorliebe für Kinder- und Märchenbücher. Da ich außerdem sehr gerne zeichne, freue ich mich besonders, einmal selbst an einem Buch mitwirken zu dürfen.

Gisela Walitzek

geb. 1960 in Neumagen/Mosel
Studium der Politologie, Germanistik, Publizistik
seit 1984 in/bei Hamburg,
verheiratet, 2 Kinder.
Traumzeit: 1 geschriebene Seite pro 10 gewechselte Windeln

Hedwig Sarazin-Strohm.

geb. 1949, schreibt Prosa (Erzählungen, Hörspiele, Texte mit und über Literatur), seit ca. 8 Jahren Mitglied der Dortmunder Autorinnengruppe "Grüne Feder"

Jochen Quast

Hamburger, und das seit 1964.
Gelernt habe ich Fotograf, und meine Leidenschaft gilt immer mehr der Illustration.
An diesem Buch habe ich die Titelillustrationen zu den Geschichten erstellt.

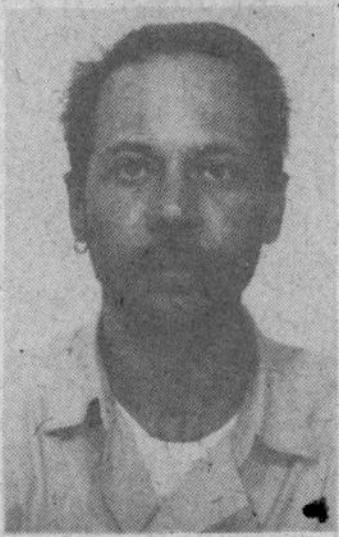

Jörn Plenz

41, Grafiker.
Da ich jetzt viel mit Computern arbeite, ist das Abschreiben und Illustrieren ein idealer Ausgleich.

Kai Riedemann

Steinbock des Jahrgangs 1957.
Dr. phil und Sprachwissenschaftler, Wahlhamburger.
Redakteur bei einer Programm-zeitschrift.
Autor von Kindergeschichten, SF-Stories, Märchen und Theaterstücken.

Maria Hackmann

geboren 1965, Bürokauffrau.
Mit immer neuen, kreativen Intressen und Ideen gehe ich meinem Traum entgegen.

Olaf Greve

37 Jahre, lebt in Osnabrück.

Pia Eisenbarth

1960 geboren, lebt in Geisenheim, Rheingau.
1984 Abschluß als Diplom-Designerin, FH Wiesbaden. Seither freiberuflich tätig als Illustratorin von Kinder- und Jugendbüchern, wissenschaftliche Zeichnerin, Grafik-Designerin.

Ula Clemens

Frau mit Lebens-Mut und Schaffens-Wut.
Wohn-Haft im Neandertal

Valena Cynan

Man sagt, ich sei warmherzig
und kalt wie Eis, rachsüchtig und
vergebend, von Freunden umgeben
einsam, ehrlich und Meisterin der
Lüge, ein unlösbares Rätsel,
aber man sagt ja vieles ...

Dank für's Korrekturlesen:
Jutta Buchwald

Druckvorbereitung und
Filmherstellung:
Arne, Jochen, Jörg

Inhalt